宇宙からの帰還

望郷者たち

夏見正隆

ハルキ文庫

角川春樹事務所

宇宙からの帰還　望郷者たち

1

海に向いた街だ。

初夏の太陽が街路の隅々まですっきり乾燥させた後、湾岸のビル群の向こうへ沈む。湾に面しているので抑えた匂《にお》いの潮風が吹く。

通学路のポプラ並木がいっせいにそよぎ、金網の向こうの影がざわざわ動く。ゆるやかな風はグラウンドを渡って草の斜面を駆け上がり、四階建ての校舎へ届く。

少女は、いつも昇降口を出た後、グラウンドを見下ろす坂道の上で立ち止まる。ブラスバンドの練習が早く終わるので空はまだ明るい。管楽器の黒いケースを抱え、しばし彼女は見下ろす。野球部がフィールドを走り回っている時もあり、誰《だれ》もいない時もある。斜面の雑草が波のように少女の足下へなびき寄せる。彼女がそこで必ず立ち止まるのは、このほっとするような空気を含んだ夕暮れの空間を、抱え込んでしまえるような気がするからだ——なぜわかるのかというと、彼女が私にそう言ったからだ。

なぜだか私は、その後ろ姿を、四階の教室のベランダから見た角度の映像でよく想《おも》い出す。彼女を中心のやや手前に置き、その向こうに蒼黒《あおぐろ》く沈んでいくグラウンドが目の届くかぎり続く四角い光景。空はオレンジから紫へのグラデーション。肩よりすこし長い髪が風向きに応じて泳ぐ様は、その奥行きの深いシーンがゆるやかだが確かに呼吸しているのを示している。

彼女は、こちらを振り向かない。なぜだろう。

なぜだろう。

ピリリリリリ

また、いつもの夢か。

私は眼《め》をしばたたきながら思った。

飛行中に船内で仮眠を取るとき、しばしば見る夢——というか、光景。

記憶……？

そうか。

記憶の中の——

ピリリリリリリ！

私は再び眼をしばたたいた。狭い寝棚から起き上がった。

警報が鳴っている。

「〈26〉番で昇温」

船内宇宙服の首のファスナーを留めながらコマンドモジュールへ流れていくと、機関士が振り向いて告げた。

「中で何か反応しています」

「船長、ヘルメットを」

副操縦士が言う。

「コンテナ内の過熱が急です。変だ」

副操縦士も機関士も、船長になりたての私より若い。突発したトラブルに直面し、早くも汗だくになりつつある二人のクルーを眼にして、私は不思議と落ち着くのを覚えた。一種の開き直りか。

何が起きた。

コンテナ内で昇温……？

「分かった。警報止めてくれ」

私は二人の肩をポン、ポンと一度ずつ叩《たた》くと、ＥＣＳに声で命じてから左側の操縦席へ滑り込んだ。ほう、自分はいつからこんなリーダーじみたことが出来るようになった。

「『中身』を見せてくれ。センター画面」

腰を固定し、音端子を耳につけながらＥＣＳに命じた。

警報は、クルーが情況を認知したならば止めてリセットする。鳴りっぱなしにしていたのは私を起こすためか。

コマンドモジュールは航空機のコクピット・デザインを踏襲している。前方に窓、左右に正・副操縦席と、後方にエンジニア席、ＭＳ席。ただし今回はＭＳは乗せていない（今回に限らず人手不足だ。最近はコマンドモジュールのクルーが船外活動もやる）。

「何だと思う」

機関士を振り向いた。サイドパネルに向かった短い金髪のフライトエンジニアは、貨物コンテナ列のモニタ画面を必死になってチェックしている。

「まだわかりません」

私が仮眠に入る三時間ほど前、加速を終えた。

月軌道上で苦労して繋《つな》いだ三九基の球形コンテナ。それらを一列にして、本船の後ろに曳《ひ》いている。

「これか」

私の右手にあるセンター画面にも情報――立体モデルが出た。

一本の糸で繋がれた無数の虫の卵のような全体像。その中から、一つの〈卵〉が拡大される。

〈26〉番——船尾に近い方から一四番目のコンテナ。実際にはメインとサブ、複線のワイヤーで繋がれた長大な列の中の一つ。

その球形コンテナ〈26〉の透視モデルと、『中身』の情報が表示される。温度分布は色で表わされる。中心部がピンク。

眉《まゆ》をひそめた。

「マグネシウムか。中身は」

「通信端末の材料にするやつです」

機関士は自分の画面を指した。

「どうやら、金属ペレットの山の隙間《すきま》に異物が混入し、反応している。酸化しています。燃え出している」

「——異物？」

燃えている……？

Something strangeそしてBurningという表現。

私の画面でも、同じだ。二トンの金属材料ペレットを封入したコンテナの内部温度グラフは急カーブを描き、上昇している。月軌道を出てから何時間過ぎた……？　いずれにせよ、時間経過と共に温度は下がるはず。

　何か、紛れ込んでいたか……。

　宇宙船の曳く貨物コンテナの内部にか。


「エマージェンシー・チェックリストはやったか」

　画面を見ながら訊《き》くと
『ノー・アプリカブル・チェックリスト』

　機関士に代わり、ECSの音声が応《こた》えた。

『マニュアル・オペレーション・リクワイアード』

「彼女の言う通りです」

　機関士も後席で頭を振る。

「このケースに対応する緊急チェックリストは、無し。本船内部であれば、火災に対処する手段はありますが、後ろに曳いているコンテナの中だ――どうすればいいか」

「想定外か」

「はい」

「まずいな」舌打ちしたくなるのをこらえる。「このまま放《ほう》っておけば〈26〉番は」

「その通りです」

爆発……。

冗談か。

「せめて、MSを乗せていればな」

今回はミッション・スペシャリスト（搭乗技術者）を乗り組ませていない。

月との往復。

もう何十回目になるか。

宇宙軍は高稼働が当たり前になっている。

体調不良で飛べなくなる者は続出している。定員を満たせず、経験の浅い若い者ばかりで飛ばす月往還船――この船もその一つか。

船外活動用ドローンを出し、航行中のコンテナに接近させてロボット・アームで点検孔を開き、内部へアクセスするのは不可能ではない。酸素と熱を出している異物が紛れ込んでいるなら、反応ガスを外部へ逃せば『燃焼』は止まる。しかしそんな作業――精密なドローンの制御を素早くやれるのは、熟練したミッション・スペシャリストだけだ。我々の手でやろうとすれば半日かかる。

「管制センターへ助言は要請したか」

「たった今、情況は通知しました」

右席で副操縦士がうなずく。

「通知しましたが、向こうは『待て』と言ったきりです」

「そうか」

曳いているコンテナの一つが、このままでは、爆発するかも知れない。

そういう事態。

どうすればいい――

私の頭の中に、すぐに一つの手は浮かんだ。

しかし腕組みしたまま、私は「どうするかな」とだけ言った。

すると
「船長」

金髪の機関士は畳みかけるように
「こうしてはどうです。爆発の危険があるコンテナ〈26〉の前後、つまりコンテナ〈27〉の後ろと、〈25〉の前の位置で牽引《けんいん》ワイヤーを緊急ディスコネクト。〈26〉のみを切り離し、横へパージしては？　問題の起きている〈26〉番だけ列から切り離し、弾《はじ》き出すのです」

早口で言う。

こんな早口のブロークンな英語まで普通に、支障なく聞き取れるようになったのはいつからか。最近は、自分が英語で話しているのか、日本語でしゃべっているのか分からなくなることさえある。

「船長、それがいいと思います」

副操縦士もうなずいた。

「このまま放っておいたら、我々は花火になります。牽引ワイヤーのディスコネクトなら、ここからでも操作出来る。〈26〉を横へ弾くのは、ドローンを使えばいい。アームで摑《つか》んだり回したりするわけじゃない、当てて、横向きに押すだけなら我々でも出来る」

こいつはオーストラリア人だったな。

「あの糞《くそ》管制センターに助言を求めたところで、さんざん待たせた末に言って来ることは多分、同じです」

Aの発音に独特の癖がある（それにももう慣れた）。

「うん」

二人のクルーが提案する手段は、自分の思いついた手と同じだった。私はうなずいた。

想定せぬ事態。

いや、宇宙ではもともと発生するトラブルの多くが突然で、想定外だ。そんなときに部下のクルーたちに落ち着いた対処をさせるには、どうするか。

教えてくれた人がいる。まず現在の情況と、対処すべき手段を自分たちの口から言わせ、『そうしましょう』と提案させろ。それが一番だ――

「俺《おれ》も、それがいいと思う。コンテナ一基くらい捨ててもやむを得ない、その手で行こう」

「はい」

「はいっ」

「では機関士はただちに積荷管理システムを起動、〈26〉番コンテナの緊急ディスコネクトを用意」

「はい」

「副操縦士は管制センターへコンタクト。現在位置と情況を再度通報、緊急事態を宣言して〈新東京〉への入港優先順位を取れ」

「分かりました」


その日。

私は、月軌道から、ラグランジュ空域の〈新東京〉へ向かっていた。

いつもの飛行だ。

「アクティベイト、エマージェンシー・ディスコネクション」

機関士はサイドパネルの画面に『コンテナ列』の立体モデルを出し、船体のコントロールを司《つかさど》るＥＣＳに音声で指示した。

「ポジション、26Ａアンド26Ｂ。コンファーム」


今回も輸送任務だった。

月往還船に二名のクルーと乗り組み、『都市』の人々の生存に不可欠のヘリウム3、それに高濃縮ウランを含む核燃料と、様々な材料物質を運ぶ。

月の地下で私と私の仲間たちが文字通り生命《いのち》がけで採掘し精製したそれらをコンテナに封入してカタパルトで打ち出し、周回軌道上で一列に繋ぎ合わせ、往還船で曳航《えいこう》して数十万キロ離れたラグランジュ空域へ持ち帰るミッションは、そこそこの技量でこなせる仕事ではなかった。


『コンファームド』

ＥＣＳの音声が天井スピーカーと、耳の音端子で応えた。

同時に、エンジニア席のサイドパネル画面に浮かぶ立体モデルの上で、ピンク色に染まった一つの球体〈26〉の前と後ろ——三十九基のコンテナを一列に繋いでいるワイヤー上の二箇所が、紅《あか》く明滅した。

『レディー・トゥ・ディスコネクト、トゥー・シックス・エー、アンド、トゥー・シックス・ビー』

「切り離せ」

機関士が命じる。

「26Aからだ」

『ディスコネクト、トゥー・シックス・エー』

ＥＣＳの音声がささやくように応える。

エンジニア席の画面上で、〈26〉番コンテナの後方に伸びるワイヤーの一か所が瞬くように明滅してから、消滅した。

『ディスコネクテッド』

牽引ワイヤーが一か所、切れた。

たった今、本船のずっと後方で、虫の卵のような球形コンテナを一列に結んで曳いている糸の一か所が音もなく切断された。しかし船とコンテナ列は慣性飛行中だ。糸を切ったところで、すべての球体はそのままの位置に浮き続け、秒速一五キロで進み続ける。

「船外作業用ドローン、出せ」

私も音声で命じた。

「コンテナ〈26〉の真横位置まで進出し、待機」

「26Bを切れ」

何人《なんびと》も地上へ降りられない現在。

生きるための資源は、月から得るしかない。

『都市』においてエネルギー源となる核燃料、あらゆる生活物資の源となる鉱物資源は、わずか一二〇隻ほどの宇宙船によって輸送される。

「船長、管制センターが了解」

副操縦士が、自分の画面に出た通信メッセージを読む。

「BH一一四〇へ向かう船はただ今よりすべて減速。本船は入港最優先順位を得ました」

「結構だ」

応えながら、センター画面へ目を戻す。

「あとどの位、もつと思う？」

コンテナ〈26〉の内部を表示する立体モデルとグラフ。

ワイヤーを切ってしまえば、もう有線でデータは来なくなる。ドローンで横向きに押し出す前に、爆発までの猶予を摑んでおく必要がある。

「あと二分か、二分半」

副操縦士は眉根にしわを寄せ、視線を上げる。

「専門ではないので。ざっと、そんなところでしょう」

「そうだな」

コンテナに満杯に封入したマグネシウムは、合金にして、携帯端末の部材など様々な機械部品の素材として使う。他に光合成施設、医薬品、肥料や食品にまで用いられる。

しかし生の状態では、酸素を与えて加熱すると爆発的に燃焼——文字通り花火になる。水素まで出す。

宇宙の只中《ただなか》で爆発すれば、コンテナ列の中には高濃度のウラン燃料まである。ただではすまない。

「俺が寝ている間」

左席の航法画面へも目をやる。

ここは、どの辺りだ……？

「どのくらい進んだ」

「シントーキョーは一〇万キロ先です」

「まだ遠——」

言いかけたところへ

「船長！」

機関士が叫んだ。

「な、何だこれ」

「どうした」

「26Bが切り離せない、外れない」

「何」

有望な鉱脈があるとはいえ。月での資源採掘量とその生産ペースが、全人類の需要を満たしているとは言い難かった。
全人類――といっても、月の地上と地下、それにラグランジュ・ポイントと呼ばれる月と地球の重力中和空域に浮かぶ四基の『都市』に、十三万九千人が生存している。それが現在の人類の総人口のすべてだ。

「切り離せない？」

慌てるな、という言葉が口まで出かかるのを呑《の》み込み、後席を振り向く。

画面上の紅い明滅が消えている。

ディスコネクト機能が作動しなかった――？

船を司るＥＣＳが——環境統御システムが指示を間違うとは思えない。ならば機械的な故障か。

「手動コマンドに切り替えて試せ」

「やっています、今」

機関士は早口で応え、画面上の一点を指でタッチする。

〈26〉の前側のワイヤー部分が再び紅く明滅する。

「爆発ボルトをアーミング。ディスコネクトシステム、手動オーバーライド」

興奮すると、誰でも歌うような口調になる。機関士は自分の手順を確かめるように言い、サイドパネル右端にある赤いガードのかかったスイッチへ手を伸ばす。指でガードを押し上げる。

「26Ｂ、ディスコネクト」

カチ
「ディスコネクト」

カチ
「どうした」

「だ、駄目です」

「作動しない、26Bの爆発ボルト自体が駄目になってるのか」

「何」

「では、どこでもいい」

私は指示した。

「本船の後ろのどのポジションでもいい、切断用爆発ボルトを全部試せ」

「は、はいっ」

「やり式を変えるぞ」

副操縦士へ命じた。

「ワイヤーのどこかを切断し次第、ブースターを噴かして緊急離脱する」

「えっ――」

後席を振り向いて茫然《ぼうぜん》としていた副操縦士は、我に返ったように私を見た。

「――な、何でしょう」

「いいか。貨物は大部分、捨てる。切り離し次第緊急離脱」

「は、はい」

「イオンエンジンでは駄目だ、補助のケミカル・ブースターを使う。全力点火用意」

「了解」

副操縦士は頭上パネルへ手をやり、いくつかのプッシュボタンを操作する。

「補助ブースター、1から4まで。点火用意」

「39Bから27Aまで、爆発ボルト、すべて、アーミング」

後席で機関士が歌うように言うと、もう一度赤いガードのスイッチに指をかける。

「ディスコネクト」

カチ
「どうだ」

「――駄目です」

頭を振る機関士の短い金髪から、汗の水滴が放射状に散る。

「どこも作動しない、これはおそらく、おそらく最初の26Aを切断させたとき、ディスコネクトシステム全体に負荷がかかってどこかの回路ユニットが」

「――」

「――」

考えられないわけではない。宇宙船の緊急システムは、なくてはならないが、滅多に使われることがない。

装備されてはいるが使用頻度の極めて低いシステムのことをヒドゥン・ファンクション

と呼ぶ。普段は作動していないので、故障しているのかどうか自体、わからない。眠っていたシステムを急に叩き起こして動作させると、動き出した瞬間に故障することがある。防ぐには日頃《ひごろ》からの入念な点検と、動作試験が必要だが、最近の連合国宇宙軍の定期整備のやり方を見ていると――


「フェイルした回路ユニットを特定するのは可能ですが、一時間かかります」

「船長」

機関士と副操縦士は、同時に私を見た。

決めなくてはいけない。

「わかった」私はうなずいた。「やむを得ない、貨物はすべて捨てる。船尾と貨物コンテナ列を切り離せ」

「は、はい」

機関士はサイドパネルを別の画面に替え、素早く手を走らせる。

いずれ『都市』に近づいたら、減速に入る。本船を貨物列からいったん切り離し、ゆっくり反対側へ移動して、一八〇度回頭してコンテナ列の反対の端に船尾を繋ぎ、メインエンジンを進行方向へ向け噴射する手順になっている。

コンテナ列自体を船尾から切り離す操作は、いつもやっている作業だ。

「準備できました」

「切り離せ。切り離したらブースター点火」

資源の供給が追い付かない今のような時期。輸送中の貨物コンテナ列をすべて捨てるのは暴挙だ。

だが死ぬわけにはいかない。

こんなところで。

自分はもとより、クルーを死なせるわけには――

だが
「――あっ」

次の瞬間の機関士の叫びは、さすがに私の背中を凍り付かせた。

「切り離せない。コンテナ列を、船尾からリリース出来ません」

「な」

私は目を見開き、後席の画面を振り向いた。

「何だと」

画面上に大きく、『RELEASE　SYSTEM　FAILED』の赤い警告メッセージが出ている。

システム・フェイル（故障）――

同時に
『リリース・システム・フェイルド』

ECSの音声がささやくように重なった。

『EVAリクワイアード』

EVA――船外活動が必要。

船尾からコンテナ列自体を切り離す機構まで、故障した――⁉ 切り離しにはクルーが船外へ出て、手動で直接、ジョイント部を操作するしかない……。数時間かかる。

「くそっ」

初めて、悪態をついた。

日本語でそう言ったのか、英語で「fuck」とつぶやいたのかは覚えていない。

「やむを得ん、船を捨てる」

私は、美島修一《みしましゅういち》。

その日。

私の率いる船は、宇宙空間――ラグランジュ空域へ約一〇万キロの暗闇《くらやみ》のただなかで遭難しかかっていた。

「コマンドモジュールを切り離す。全員、ヘルメットをつけろ」

「は」

「はいっ」

全員が、各シートの脇《わき》のホルダーからヘルメットを外し、頭をくぐらせる。

腰のベルトに加えてショルダー・ハーネスを締め、バックルに留めると『へその緒（アンビリカル）』チューブをシートのコネクタに繋ぐ。ヘルメットの首周りのジョイントを固定すると同時に音を立てて酸素が流れて来る。それから手袋をつける（指の動きを妨げるので手袋は最後だ）。

「コミュニケーション、チェック」

「副操縦士、よし」

「機関士、聞こえます」

「よし」

ヘルメットを被《かぶ》った状態での通話に支障ないことを確認しあうと、私は親指を立てて指示した。

「機関士、コマンドモジュールを切り離せ。副操縦士は遭難信号を発信しろ。いつバッテリーが切れるかわからん、すぐにやるんだ」

「はっ」

「はい」

「コマンドモジュール、切り離します」


月往還船からの緊急脱出は、操縦室であるコマンドモジュールを船体から切り離すことで行なう（この操縦室自体が救命カプセルとなる）。

各クルーの座席には酸素タンクがあらかじめ内蔵され、もしコマンドモジュールの気密が破られても、船内宇宙服で身体《からだ》を保温しながら三十六時間は生存できる。


「緊急手順。全システム、サービスモジュールから隔離」

「早くやってくれ」

副操縦士が、自分の前の汎用《はんよう》パネルで通信文をタッチしながら、悲鳴に近い声を上げる。

無理もない、センター画面では〈26〉番コンテナの温度グラフがさらに画面の天井を突き抜けるように上がり、立体モデルの球体が真紅に輝き始めた。

「畜生、二分ももたな――」

「全システム隔離。コマンドモジュール、切り離します」

機関士はヘルメットの中で言いながら、宇宙服の手袋の手をサイドパネルの一番右の端へ伸ばすと、〈EVAC〉と表示された赤い蓋《ふた》を撥《は》ね上げ、中のT字ハンドルを摑んで引き出すと右へ九〇度ひねった。

「離脱」

ドンッ
爆発ボルトが作動（これは作動してくれた）し、私たちの乗るコマンドモジュールは突き飛ばされるように、後部サービスモジュールから離れた。数メートル離れるのを待ち、離脱用固体ロケットモーターがあらためて自動点火する仕組みだ。

（これが作動しなかったら）

一瞬、その考えが浮かんだ。

モーターの点火するまでの数秒が恐ろしく長い。

「――うわ、爆」

副操縦士のうめくような声と、強い加速Gが背中をシートへ叩きつけるのはほとんど同時だった。

加速する――

月往還船の先端部が、固体ロケットモーターで押し出され、弾かれるように進み始めた。

イオンエンジンの柔和な加速とは違う、荒々しい化学ロケット・ブースターの力だ。

まるで四年前の〈脱出〉ミッションの時のようだ——そう感じている暇もなく、航空機のコクピットに似た前方窓の外が、後方から宇宙を染めるように真っ赤になった。

（何だ、この色——うっ）

次の瞬間、ブースターの加速を上回る何らかの力だ。それがコマンドモジュールを背後から打撃——巨大ハンマーでぶっ叩くかのように打った。

「うわ」

「ぐ」

「——⁉」

私は目を見開いた。

前のめりになるような力が加わり、前方の星空が上から下へ流れ始める——猛烈な勢いで流れる。かなたの星々が白い筋のようになる。

身体が、強烈な力で下向きにシートへ押し付けられた。

（うっ）

爆発の衝撃波を受け、突き飛ばされ、その勢いでモジュールが縦回りに回転を始めたのだ。パラパラッ、とヘルメットのフェースプレートを何か細かいものが打つ。何だ……？

その時の私には、いつの間にか我々の頭から放射状に飛び散っていた無数の汗の水滴が、突然生じた『重力』で降りかかってきたのだとは分からなかった。

姿勢を。回転を止めなくては。

左手を、計器パネル横のサイドスティックへ伸ばす。

そうだ。この船には〈操縦桿《かん》〉がある。コマンドモジュール単体となっても、姿勢制御用の推進ガスはまだ使えるはず。

「待っていろ、今止める」

だが腕が重い。

上がらない――！

2

「――くっ」

前方窓の視界が上から下へ吹っ飛ぶように流れる。星々が白い筋になる。

腕が、上がらない……！

くそっ……。

回転を、止めなくては――

コマンドモジュールが縦向きに回転している。

重い。

すべてが、この操縦室の床面に向かって押し下げられる。

たった今、後方から強い衝撃波——おそらく球状に膨張するガスの直撃を食らった。

その打撃で、救命カプセルとなったコマンドモジュールは縦向きに不規則な回転を始めた。強いGだ、四G、いや四・五G……。

音もなく、目の前の暗闇を白い筋が流れる。流れる視界に、時折りちらと、何かが見える。

何だ……? 考える余裕はない、肺が動かない。

この荷重ではたとえ酸素があっても呼吸が続かない、放っておいたら皆窒息する。

最近は月でも、『都市』にいても、一Gを大きく超える荷重を身に受けたことがない。

往還船のメインの推進力であるイオンエンジンは、月の周回軌道を離れて巡航速度へ加速するのに一日かかる。加速してから巡航が一日、そして『都市』に近づいたら船をコンテナ列の反対側へ付け替え、減速にまた一日。

こんなGは、四年前に地球表面への降下と、そこからの離昇を繰り返した頃以来だ。

いや。

もっと前――戦闘機操縦課程の頃の、あの感じか。

(――腹に、力だ)

思い出した。

戦闘機に搭乗する際に腰に巻き付けるGスーツは、エアを注入して下半身を締め付ける。だがGスーツをつけて乗るのは中等練習機からだ。初等課程のプロペラ練習機T7でも、マニューバーをすれば強いGはかかった。宙で機体をぶん回すさなか、息ができなくなり腕が動かなくなると、後席から教官が教えてくれた。腹に力を入れろ、両足の親指でラダーの下の端を掴むようにして、踏ん張れ。

「く」

操縦桿を握る腕の筋肉で動かすのではない、両足の親指で腕を動かすんだ。両足の親指でラダー、踏ん張って腹に力。

何だ、こんなことをこんな場所で思い出すとは――

だが両足の親指に力をこめると、不思議に腕が上がった。

(動いた)

左脇のサイドスティックを、掴む。

回転を止めるように、前へ押す。

ふわっ
魔法のように、身体を重く押し付ける荷重が抜け、前方視界の星空が止まる。

視界の回転が止まる瞬間、サイドスティックから手を放す。

止まった……。

「――はぁっ、はぁっ」

途端に、ヘルメットの中へエアを供給するレギュレータの音が、うるさいほど耳に響き始めた。

「みんな、大丈夫か」

「せ、船長」

副操縦士が、返事をする代わりに窓外を指した。

「船が、見えます」

「――？」

だが私は、前方窓を見る代わりに後席を振り向いた。ヘルメットが邪魔で、サイドパネルそのものは見えない。

「酸素の流量を見てくれ。どこか、漏れていないか」

さっき衝撃を食らった時、コマンドモジュールの酸素供給系統にダメージを受けていないか。

どこかから漏れていれば、漂流できる時間が大幅に短くなる――

「だ、大丈夫です」

機関士は答える。

「供給システム正常。どこからも、漏れていません」

「では、保温をおとせ」

私は指示した。

「バッテリーをもたせる」

「はい」

すでに、電源がバッテリーのみとなったコマンドモジュールは自動的に『節約モード』に移行していた。副操縦士側のコンソールはすべて暗くなり、画面の表示が消えている。航行に必要な情報が表示されるのは、私の船長席側の画面のみだ。

呼吸に必要なエア、そして電力の手当てをすると、ようやく窓の外を見る気になった。

（船……？）

そうか。

回転する中、視界に時折り見えていたのは、我々が後にしてきた往還船の本体だった。

前方——機首の正面方向に、何かが浮いて見える。たった今まで、コマンドモジュールは縦向きに回転していた。ちょうど真後ろに向いた時、私が回転を止めたのだ。

我々は後ろ向きの姿勢で、爆発現場から遠ざかりつつあった。

視野の真ん中で、それは急速に小さくなる——でも空気がないため、距離が離れても物体の輪郭ははっきり見える。機首部分のない、尖端《せんたん》が欠けたような船の本体。

月往還船は、二十年以上前にボーイング社が開発したX47型スペースプレーン（民間仕様はボーイング8707と呼ぶ）をコア・ユニットとし、長距離航行用のサービスモジュールを尾部に追加、さらにその後ろにイオンエンジンブロックを付加した構造だ。イオンエンジンは最小直径九メートル、最大直径三六メートル、全長は一二〇メートル。往還船は巨大な『蜂《はち》の巣』の根元部分に、小さな白い有翼のシャトルをくっつけたような姿をしている（このコマンドモジュールが、重力のある場所を航行する航空機のコクピットと同じレイアウトなのも、スペースプレーンの船体を流用しているからだ）。

爆発は、もう収まったか……？

だが目を凝らそうとすると

「う」

「うわ」

私と副操縦士は同時に声を上げた。

後ろ向きになった蜂の巣のような往還船のイオンエンジンブロック。そのさらに向こうで、ふいに真っ白い閃光《せんこう》が膨らんだ。

何だ……⁉

瞬間的に球状に膨らんだ白熱光は、イオンエンジンブロック、そして機首部分のない船の本体を呑《の》み込んだ。

宇宙が真昼のようになる。

「見るな、目をやられる」

「は、はい」

「ショック、来るぞ。つかまれ」

数秒後、さらに強い膨張ガスのショック・フロントがコマンドモジュールを襲った。

その日。

私の指揮する月往還船は、輸送任務の途中で貨物コンテナの一つが異常に発熱して爆発、他のコンテナも連鎖爆発し、ラグランジュ空域へ九九〇〇〇キロの宇宙空間で跡形もなく四散した。

私と二名のクルーはコマンドモジュールを切り離してからくも脱出、衝撃波に押し流され、冷たい暗闇を十六時間漂流したのち、連合国宇宙軍の救命艇に救助された。船は失ったが、生還はできたのだった。

私は美島修一。二十九歳。連合国宇宙軍での階級は大尉。月往還船の船長になって一年になる。

そして、地上の世界が滅んで宇宙へ追いやられてから、四年が経過していた。

3

はからずも飛行士となって何年も宇宙を飛び、学んだことは数多くある。

宇宙とうまくやるより、人間とうまくやることの方がよほどしんどいということもその一つだし、人間にとって、いやおそらくは生き物すべてにとって帰る場所があるということはこの上もなく幸せなことなのだと知ったのも、現在の境遇に置かれてからだ。

帰る場所——漆黒の闇《やみ》の中に赤、青、紫、グリーンの標識灯をにじませて浮かびあがる、〈新東京〉。人類の造った有史以来最大の構築物の一つ。

それが私の帰る場所だ。

「美島大尉、出頭しました」

「そこに立ちたまえ」

私は、奥行き十メートルの会議室に陣取る委員会の面々を見回し、胸のあたりがどっしり重くなるのをこらえなければならなかった。委員たちの中に、現役の飛行士が一人もいなかったからだ。

居並ぶ面々はみな、机の上だけでものを考える老人たちだ。

「君のレポートは見せてもらった」

もとアメリカ空軍の将官だった銀髪の男が言った。恰幅《かっぷく》のいい白人だ。

「今回の爆発事故の原因は、コンテナ26番に封入したマグネシウムペレット二トンの隙間《すきま》に何らかの異物が混入、これにより酸化反応が招来され急激に過熱して昇温し、爆発に至った。そして月往還船を失った直接の理由は、爆発するコンテナを船体から切り離すことに失敗したことによる」

『都市』へ帰還してすぐ、ろくに休養も与えられぬまま、私は連合国宇宙軍の事故調査委員会へ出頭を命じられた。用事は、あらかた見当がついていた。

「……失敗したのではなく」

私は、委員の面々を見回しながら乾いた唇を動かして答えた。十数名の委員には有色人種は一人も混じっていなかった。

「システムが働きませんでした。緊急操作を、手順通り行い、コンテナ切り離しシステムを作動させようとしましたが働かず、切り離し可能なすべてのポジションを試しても働かず、最後にコンテナ列全体をリリースしようと試みましたが、これも作動しませんでした」

「フライトエンジニアの操作にミスは無かったのかね？」

「手順は、私たち三名のクルーで確認し合いながら行いました。ミスはありません。断言出来ます」

「まあ、わかった」

もと将官は、私を制して言った。

「諸君、現場の空域は跡形もなかった。きれいなものだ」

「フライトレコーダーは見つからなかったのですか」

私は、ときどき頭に来ることがある。いったいアメリカ政府――アメリカ軍の連中は、世界がこうなってしまったことに責任の一端でも感じてはいないのか。

「我々宇宙軍には、余分な捜索に回すスペースプレーンやシャトルはない。『人的資源』を回収するので精一杯だった。ヘリウム3のコンテナも発見出来ずじまいだ。結局な」

「ミシマ君、君の報告を疑うわけではないが」

ボーイング社の技術担当重役が、口を開いた。

「しかし、月往還船のコンテナ切り離しシステムというものは、故障率が非常に低い。十万飛行サイクルに一回の割だ。リリースシステムまで同時に故障する率となると、もっとはるかに低くなる。おそらく一千万飛行サイクルに一回程度だろう。あの船はオーバーホールを終えてわずか四〇〇時間。しかも、基地出発時の整備記録によれば――」

「故障率だオーバーホールだと言われましても」

私は、声を荒らげざるをえなかった。日頃《ひごろ》の不満というやつだ。

「船は、ボーイング社の規定する純正部品を使って行き届いたメンテナンスを施せば、それだけの性能を出すでしょう。しかし現在飛行している船、スペースプレーンも含めて、見てください。どれもこれも故障だらけだ。全システムまともな船体は一隻としてない。オーバーホールなど名ばかりで、交換期限のとっくに過ぎた部品を『まだ使用可能』と整備記録に記入してサインするだけだ。故障箇所をだましだまし飛ばしている飛行士の身にもなっていただきたい。こちらは命がけなのですよ」

「若干の整備不足が存在することは認めよう。このご時世だ。物資が不足している。かといって宇宙船を月へ飛ばさなければ補給が減り、資源と物資はもっと不足する」

「若干の？」

「ミシマ大尉。君もわからんではあるまい。からくも宇宙へ脱出して生き延びた人類がここで存続して行くために、何が必要であるかを」

「しかし運航の安全をはからなければ、貴重な船をまた失うことに――」

「整備体制には出来るかぎりの配慮をしている」

「必ずしも完全とは言えない船体でも、それをうまく飛ばすのが君ら飛行士の役目だろう。もともとパイロットというものは昔から命がけなのが当たり前だ。さきの戦線でも、パイロットにだけはアイスクリームを食わせてた」

「事故るやつは腕が悪い」

「運航の効率にも万全の対策を取っている」

「飛行士に休養を与えないことを『万全の対策』と⁉」

「まあ諸君、待ちたまえ」

将官は立ち上がって皆を制した。どうやら彼が委員会のリーダーらしかった。

「おのおの言いたいことがあるのは私にもよくわかる。だが我々には、とにかく現在、『人類の存続を守る』という大目的がある。どんな問題も、どのような支障があろうと、その大目的を果たす方向へ解決されねばならない」

「――」

私は唇を噛《か》んだ。

彼がリーダーならば。委員会の出す結論は、聞かなくてもわかる――

「ミシマ大尉」

彼は私に向き直って言った。

「君は安全安全とよく口にするが、現在の連合国宇宙軍に安全基準などというものはない。人類のために何とかして任務を完遂する。命をかけてだ。それが現在の宇宙軍のポリシーであり、マニュアルだ。君の言うのは戦前の民間航空の考え方だ」

「何ですって」

「失礼だが、君の経歴ファイルを見せてもらった。君はNASAの正規の資格を持った宇宙飛行士ではないな？」

来た。

私は立ったまま、彼をにらみ返した。

（ああそうさ）

確かに俺《おれ》は、おちこぼれたせいで生き延びたF転組だ。

だが好きで連合国宇宙軍に入ったのでもない。入れてくれと頼んだ覚えもない。それにだいたいあんたの言う〈人類〉ってのは、いったいどこまでを言うんだ――？

「飛行経験を言ってみたまえ。宇宙飛行士になったのは大戦が始まってからだったな」

「――私は」

こちらの口から、言わせようというのか。

「私は、開戦後に連合国軍に編入されました。シャトルへの転換訓練はフロリダです。〈脱出〉ミッションではコロンビア型シャトルの副操縦士をやりました。ボーイング87
07には二年前から乗っています」

「宇宙での総飛行時間は？」

「一二〇〇時間」

ほほう、と一同に驚きが走った。

「宇宙飛行士が不足しているとは聞いていたが、宇宙軍ではその程度の経験の者を船長にしているのかね」

「シャトルやスペースプレーンの船長は、慢性的に不足しているのです。軍では宇宙飛行一〇〇〇時間に達した中から優秀な者をピックアップし、技量審査を行ったのち順次昇格させています」

「しかしそれにしても」

「大戦では第一線のパイロットのうち九九パーセントが戦死した。仕方がないのではないか」

「経験が足りなくとも適性があればよい。優秀ならばな」

「程度の問題だ」

「ミシマ大尉、宇宙飛行士になる前は何に乗っていた」

「日本の航空自衛隊か」

「航空機メーカーのテストパイロットかね」

「機種は。Ｆ22か？　それともＦ35かね」

「いえ、私は――」

　私は、開き直ることにした。別に命まで取られるわけではない。ここには空気もある。足をつけていられる地面もある。冷たい暗闇を漂流しながら酸素の残量計をにらんでいるより余程ましだ。この連中の意図は、見えている。

「私は、六年前に航空自衛隊の戦闘機コースを脱落し、救難ヘリＵＨ60Ｊに乗っていました。日本海に面した小松《こまつ》基地の救難飛行隊です。でもそこも、一年でやめました。戦争が始まったときには、茨城《いばらき》県の竜ケ崎《りゅうさき》という小さな飛行場で、セスナに乗っていました」

「戦闘機をクビ？」

「救難ヘリ？」

「セスナ？」

「では超音速機の経験は」

「空自の戦闘機養成課程で、Ｆ２Ｂを六五時間。新田原《にゅうたばる》の機種転換課程でＦ15を二〇時間。それだけです」

「それだけかね」

「本当に？」

「はい。それきりです」

十数名の委員たちは顔を見合わせた。

「どうりで若いと思った」

「最近の飛行士は半分近くそんなもんだよ」

「彼にかぎって言えば、腕は悪くないそうだが」

「いや、緊急事態では何といっても経験がものを言うんだ」

「まぁ諸君」

将官が、締めくくりにかかった。

「そういうことで我が委員会としては――」

要するに、連中は私のせいにしたいのだ。あの戦争――四年前のあの出来事で、当時の第一線の戦闘機パイロットたちは緒戦において大部分が戦死した。わずかな期間で、経験の浅い未熟な後方のパイロットが補充として次々に昇格させられた。ジェットの操縦経験を持つ者なら、民間航空の操縦士を含め洗いざらい徴用され戦いに投入されたのだ。

お前もその口だろう。未熟な飛行士が、コンテナの爆発を恐れるあまりに動転して操作を誤り、船を失った。そういうことにしたい。航空事故調査委員会のやることなんて、いつもこんなものだ。まず結論を決めてかかり、あとから強引に立証を進めていく。都合の悪い証拠は切り捨ててしまう。行き着くところはたいてい、パイロットのミスだ。このやり方はもう半世紀も昔から、航空宇宙産業界の常識となっている。そうしておけば八方丸く収まるからだ。メーカーは信用を失わずに済み、軍も責任を問われずに済む。特に今、月往還船――そのコアブロックとなっているボーイング８７０７の非常用リリース・システムに欠陥があるらしい、ということになったら、稼働中の全船を飛行停止にして総点検を行わなくてはならなくなる。原因が究明され、確たる安全措置が講じられるまで運航を再開出来ないだろう。８７０７型スペースプレーンは、人類の持つすべての宇宙船の半数に当たる。それだけ止めたら四つの『都市』は生きていけない。

（ごまかすつもりか――俺のせいにして）

原因はパイロットミスということにして、今回の爆発事故をなあなあで済ませるつもりだ。大方、見当をつけた通りだった。

私は、嫌になった。

怒りよりも嫌悪感があった。だがもう、怒鳴る気持ちは失《う》せてしまい、これ以上何を言って抵抗しても無駄なんだと徒労感が肩を重くさせた。この査問会は、単なる手続きだったた。結論が決まっているのなら、呼び出して立たせてしゃべらせるだけ無駄じゃないか。

「疲れるんだよ」

私は日本語でつぶやいた。

将官は、ちらと眉《まゆ》を上げたが、構わずに私の処分を読み上げ始めた。公式発表の『事故原因』と私の処分は、すでにタイプされていた。

いいだろう、いや、決して良くはないが仕方がないだろう。

将官の言ったことは、ある程度正しい。四基の『都市』に残った人間を生かすために、宇宙船は飛ばなくてはならない（たとえ生命の危険があろうと）。あらゆる生活物資の源が月面にある。ピストン輸送しなければ、人類は死ぬ。確率の低いトラブルならば、なあなあで済ませて船を飛ばすか。もともと宇宙飛行士は危険な商売だ。仕方がないか——

自分の処分が読み上げられる声を、うわのそらで聞いた。

宇宙軍の庁舎を出ると、外は夕方だった。

空気が乾燥し、大気汚染がないから『空』は透明なオレンジ色をしている。

ここの『空』は、悪くない出来映えだ。そう思う。フライトでひどく疲れて帰った時など、ふいにまだ東京に居るのではないかという気がすることさえある。実際、宇宙軍の庁舎の周りの緑地帯は、庭園美術館のあった白金《しろがね》の辺りの森に似ているのだ。

（——）

歩道に立ち止まり、黄昏《たそがれ》を見上げて息をついた。生きているのだ。それで十分だ。弱い風が目にしみた。

（いや――俺は生きているのか？　生かしてもらっているんじゃないのか）

　私は空を見回した。

　あの森にはカラスやハトがいた。だがここにカラスは――鳥など一羽も飛んではいない。『都市』へ連れて来られたのは、食用の鶏だけだ。地球を脱出する時に酔狂でもカラスを載せたシャトルは一隻もなかった。そんな余裕はどの船にもなかったと思う。

　地上の世界が滅びる時、私は脱出する人々を貨物室に乗せ、フロリダと中高度衛星軌道の間を十二回往復した。満杯に詰め込まれ、泣きわめく人々。大気圏離脱と再突入の繰り返し。空気摩擦で赤熱し、限度を超す荷重にきしみ、悲鳴を上げる機体。シャトルも私も疲労の極にあったが、それでも地上にはまだ助けを待つ人々がひしめいており、押し寄せる死の影におびえおののいていた。発射基地で順番を待つ人々のすべてが、あらかじめ各国政府によって選別されていた少数のエリートであることなど、その時の私には関係なかった。発射基地のゲートに押し寄せた許可証を持たない一般市民の群れは、軍によって銃殺されたという。それでも私は反発する気にもならなかった。私にはその時、運ぶことがすべてだった。余計な感情は死んでいた。運べ。運べ。すべてが終わりになってしまう前に、一人でも多く宇宙へ運び上げろ。修羅場の中で私は、造り物であれこんな穏やかな夕暮れを再びこの眼《め》で見られるとは思っていなかった。

（でも、この地面のすぐ裏側は……）

漂流していた十六時間——小舟のようなカプセルで放《ほう》り出されていた広大な空間が、頭をよぎる。呼吸出来るのはコマンドモジュールのタンク内のエアだけだ。尽きれば死ぬ。

地面、か。

この空域に浮かんでいる四基の『都市』——それぞれ旧世界にあった都市の名で呼称される構造体も、図体が大きいだけだ。あの脱出カプセルと変わりはない。内部に封入した生存資源が尽きれば、みな死ぬ。

出来得るかぎり地上の自然環境を再現した世界を眺めながら、私はモノレールの乗り場へ向かった。帰って寝るしか、当面することがない。疲れていた。

さっきの委員会は欧米人だけだったが、街中へ出ると、日本人の姿を多く見る。ここには旧日本政府の臨時行政代行機関がある〈新東京〉と呼ばれる所以《ゆえん》だ〉。

世界は連合国と、連合国宇宙軍による緊急統治下にあり、法律も国際法が適用されるが、各国国民に対する管理と行政事務はそのまま各国旧政府の機構が持ち込まれている。つまり政治家たちと官僚たちが、そっくり引っ越して来ている。

モノレールは走り出すと、すぐに官庁街から住宅区へと入って行く。『都市』が出来てから植えられた木々は、まだ十分に大きくなっていない。小高い丘の上に隣り合って立つ学習院《がくしゅういん》と聖心《せいしん》女学院のキャンパスの間を抜け、車両は丘の中腹で停車した。〈新代官山《しんだいかんやま》〉

という駅名のプレートがかかったホームに降りると、私は坂を下って行った。この先に私の宿舎がある。

夏服の少女たちとすれ違った。下校の時刻だ。この『都市』には公立の教育機関がない。名門私立校が当然のように立っている。

東京に隣接した県のベッドタウンで普通の家庭に育った私には、実はほとんど縁のない世界だ。たまたま飛行士にならなければ、私など、この『都市』へ逃げ延びることはかなわなかっただろう。

少女たちは家へ帰るのだろう。普通に両親がいて、兄弟がいる家だ。ガーデンモジュールかもしれない。

空気はざわめいていた。

娘たちは中学生から高校生・大学生まで様々な年齢だったが、みな美しく見えた。自分たちがここで生きていられるということを空気のように当然と思っているような明るさで、ふざけ合い、笑っていた。

私には家族はない。

肉親も、地球にいた頃の友人たちも今はない。会いたいと思う人も――

「――う」

ふいに眩暈《めまい》のようなものが襲い、立ち止まった。

——『美島君』

うっすらと、何か見えた。

何だ。

暗い廊下——その向こう、外の校庭からの逆光に浮かび上がるように、長い髪のシルエットがこちらを見ている。

(——?)

廊下の向こうに立つ、ほっそりした影。

顔の見えないシルエットはそれ以上近づいて来ようとせず、フッと笑う気配がすると、長い髪をひるがえして校庭からのオレンジの光の中に溶けるように消えて行く。タタッ、と上履きがコンクリートのタイルを蹴《け》る響きがたちまち遠ざかって行く。

さざめく笑い声とすれ違いながら、私は立ち止まっていた。

「くそ」

眼をこすった。

(疲れている……だいぶ)

だが、眼は無意識に、坂道をすれ違う少女の群れの中にあるものを捜していた。

それに気づくと、また立ち止まって頭を振った。よせ。

(何をやっているんだ)

心の中で舌打ちした時。

ジャケットの胸ポケットで震動がした。

記憶を払うように、電話を取り出した。発信者の名前を見た。

あいつか。

「――はい」

『美島か。大変だったな』

「……」

『飛行停止だってな。期間は一か月ってとこか?』

「一週間だ」

私はため息をつく。

「話が早いな。もう嗅《か》ぎつけたか」

『仕事だからな』

友人――連合国嘱託の通信記者をしている男は、電話の向こうで笑った。

『飛行停止なんていい休暇じゃないか。頼んでも休めないんだろ。暇になったんなら呑《の》もうぜ、ひさしぶりに』

「疲れた。寝る」

私は電話を切ろうとした。マスコミとパイロットは、昔から仲が悪い。マスコミは事故が起きれば何でもパイロットのせいにしようとする。電話をかけてきた男と不思議にうまが合い、友人でいられるのは、私も彼も一般家庭の出で偶然に『都市』へ移住出来たという、似たような身の上で結託したのかも知れない。

『まあ待てよ美島、聞きたい話もあるんだ。今夜どうだ？』

「事故の原因なら調査委員会の報告書を載せるんだろう。今さら俺がお前相手に何を言ったところで」

『往還船の爆発なら、コンテナ非常切り離しシステムの不作動が原因だろ？　そんなことみんな知ってるよ。公式発表なんて今どき誰《だれ》が信じるもんか。俺がお前に訊《き》きたいのは、それとは別の件だ』

「別の？」

『美島。お前、樋《ひ》口《ぐち》大尉を知っているだろう。彼について少し――』

「悪いけど後にしてくれ、深見《ふかみ》」

私は友人のジャーナリストをさえぎった。

「疲れているんだ。何も話す気になれない」

『待てよ』

友人はなおも何か言いかけたが、そのとき坂道の上から、くぐもった爆音が耳に入って来て電話の声をかき消してしまった。

（……⁉）

私は、坂道を見あげて愕然《がくぜん》とした。それは懐かしい内燃機関の排気音だった。白い一台の、古めかしい流線形をした自動車――ムービングカートではない、自動車だ。それが坂の上から現われ、私を追い越すように下って行った。

古い型だ。後部に円形のエンブレムと〈ＢＭＷ　６３３ＣＳｉ〉というロゴ。

（何だ、何であんなものがここにある）

『都市』の工場では、精密３Ｄフィギュレイヤへ材料物質を放り込めば、どんな機械部品でも造る。しかし自動車が造られているとは聞いていない。内燃機関は空気を汚すし、第一ここにはガソリンがない。

私はあっけにとられ、よく磨かれたボディーを見送った。白いＢＭＷは坂の中腹でブレーキランプを点灯して止まり、右側のドアを開いた。贅沢《ぜいたく》に造られた長いドアをつかまえ、女子大生とおぼしい一人の娘が乗り込んで行った。きれいに分けられた長い髪をひるがえしてシートに滑り込み、日焼けした腕を伸ばしてドアを閉じた。赤いマニキュアがよく目立った。白いＢＭＷはオレンジ色のウインカーを点滅すると、再び爆音を上げて走り去った。

4

着信アラームが鳴っている。

私は薄目を開け、居室の中を見回した。窓の外が暗い。

どのくらい眠ったのだろう。ベッドに横になったまま机の上の携帯の画面を見やったが、点滅する時刻表示はまだ夜の九時前だ。

「疲れ過ぎか――」

頭を振ると、身を起こした。まだ眠いような、それでいて頭の一か所だけが妙に冴《さ》えているような、変な気分だ。水を飲もうとベッドから下り、立とうとしたとたん膝《ひざ》がふらつき、ひどい眩暈が来た。

「ちっくしょう、ひどい重力ボケだ……」

ベッドに倒れ込んで顔をしかめ、しばらくこらえていると眩暈は徐々に消えた。しかし頭の中の違和感は、残った。ため息をつき、私はやっと起き上がってシャツを着た。机の上の端末はメールの着信を知らせている。時刻の横で点滅する赤い『ＵＮＳＦ』の表示は、宇宙軍司令部からの連絡であることを示している。

『開封』ボタンに触れようと指を伸ばしかけたが、『ＵＮＳＦ』に事故調査委員会の老人たちの顔が重なった。

「くそ」

メールを無視し、シャワーを浴びに浴室へ入った。

宇宙船の船長になってから、若干待遇が良くなった。噴霧シャワー付きの部屋に住めるようになったのだ。キッチンもある１ＬＤＫだ。五メートル四方の広さがあった。

しかし床には、タイルさえ張られていない。ここに住む人口の二割は、『都市』を維持するための技術者、宇宙船の乗員などだが、みんなはこれよりもっと狭い監獄のような内装のワンルームに住まわされている。

だが。

ひと月ほど前のことだ。文化庁の役人だという人物を船に乗せる機会があった。その時に〈茶室〉の写真を見せられた。

どうだね、安心したまえ。『都市』でも、わが国の文化はちゃんと保存している――そういう言葉を口にし、そのキャリア官僚は誇らしげにした。

いったい、どうやって持ち込んだ？

番《つが》いのカラスさえ、載せてやる余裕はなかったというのに。いったいどうやって持ち込んだのだ――？　その言葉が喉元《のどもと》まで出かかった。畳や茶釜《ちゃがま》をシャトルに積み込むのなら、そのぶん一人でも多くの人間を乗せて助ければ良かったのに――

いまさら怒っても始まらなかった。

〈脱出〉が行われたとき、フロリダの発射基地には例のあの『雲』が押し寄せ、外気の放射線量は被曝《ひばく》一時間で致死量に達するほどひどくなっていた。地球上の、どの発射基地でもそうだっただろう、各シャトルは人員と貨物を載せ、推進剤を補給し終わると一秒の猶予もなく離昇しなければならなかった。積み荷の中身に文句をつけている暇などなかったのだ。

（……あの時）

私はタオルで頭をかきむしった。

筋力の減退を防ぐため、いつもはダンベルを使うが。今日は手に取る気にならない。

（俺は――）

あの時、俺は人間を生き残らせることを考えるだけで精一杯だった。旧式のコロンビア型スペースシャトルの重量制限一杯に人を乗せ、何度も何度も衛星軌道と地上を往復した。一度は背を向けたはずの救難の仕事に、文字どおり燃えていたんだ……。

浴室を出ると、机から『メールを開いてください』と音声メッセージが呼ぶ。

私は舌打ちをして、メッセージを消した。

「飛行停止のパイロットに、用なんかないだろ」

――『失礼だが、君の経歴ファイルを見せてもらった』

――『戦闘機をクビ？』

『救難ヘリ？』

『セスナ？』

「――」

思わず自分の話を聞いてくれる友人の番号を指で叩いていた。

メールを開く代わりに、私は電話の画面に替えた。「人の苦労を」とつぶやきながら、

「つくしょう」

四年前……。

〈脱出〉ミッションが行われたあの夏――

私は二十五歳。失意のうちに空白をやめ、ちょうど一年だった。

中国全土の原発が一斉に停止したのは、発端に過ぎなかった。知的財産を盗まれまくっていたアメリカが報復をした――というのは一つの見方に過ぎない。実際には何が起きて

いたのか、私には分からない。

『戦争』は、起きた途端に終わり、どこが勝ったのかもわからなかった。それどころではなかった。生き残るための戦いが始まっていた。

(夢中だった……だがあのとき俺は)

そうだ。

俺は、嬉《うれ》しくさえあった。

私はそのとき『自分がパイロットになったのは、このためだった』と思った。新田原で〈技量不十分〉の判定を受け、戦闘機パイロットの養成課程から脱落して以来、『お前は使い物にならない』という声が頭の中に響き続けていた。

十代から描き続けていた目標も、消えてしまった。

しかし『戦争』が、私をシャトルの操縦席に座らせた。そして、自分をさげすむような声も消えた。地上の世界は滅びるのだろう。でも人類の未来のため、自分は少なからず役に立っている……

「だから。好きこのんで、危険を承知で何度も地球へ戻ったんだ。放射線量が危険レベルを超えるギリギリの時まで、地上へ戻って人と貨物を載せた。衛星軌道から離れる時、どんなに不安だったかわかるか？　今度降下すれば帰って来れないかも知れない。中国の攻撃衛星が制御不能で暴れているって噂《うわさ》だったし、シャトルは耐用限度をオーバーして酷使していたから次の再突入で分解するかも知れない。地上でエンジンがトラブれば修理施設はもう動いていない。離昇出来ないまま死を待つしかないんだ。それでも行ったよ俺は。行って帰って来りゃ何十人が助かるんだ。行かずにはいられなかったよ。使命感に燃えてたさ。まったくお人好《ひとよ》しとしか言うほかはない。危険冒して一杯運んで、フタを開けてみりゃ、でかい屋敷に茶室に、ＢＭＷだぞ。あんな物どうやってシャトルに載せたんだ。俺はあんな物載せてやった覚えはないぞ。あんなでかい車載っける代わりに、人間が十人も乗れるじゃないかっ」

「わかった、わかった」

深見等《ひとし》――私の友人のジャーナリストは、私の背を叩いてなだめてくれた。

「お前の言うことは正しい。まったく正しいよ。だからもう少し小さい声で怒鳴れ」

「何が『安全対策に万全を』だ、なんにもしてねえじゃねえか」

「わかった」

部屋を出て一時間後。

私は、〈新六本木《しんろつぽんぎ》〉のバーでＵＮニューズ記者の深見と呑んでいた。

久しぶりだった。彼――深見等とはフロリダの宇宙飛行訓練センター以来のつき合いだ。

深見は人類存続委員会の依頼で、〈脱出〉ミッションのすべてを記録に収めるためフロリダじゅうを駆けずり回っていた。すでに存続委員会は地球をあきらめ、せめて後世に愚挙を伝えるべく、記録の整理にかかっていたのだった。深見は私と同様、上流社会の出身でなく宇宙へ逃げ延びられた数少ない日本人の一人だ。

「いいじゃないか。生きてるんだから。五体満足で。飛行停止だってしょげるな」

「ああ？」

「生きて帰って来れたんだろ？　太陽系の彼方《かなた》へ流された飛行士だって少なからずいるんだ。飛行停止なんてちょうどいい休暇じゃないか」

「飛行停止飛行停止ってうるさいやつだな」

「お前はスペースプレーンを動かすのに必要なんだよ。放《ほ》っとかれるわけがない。すぐにお呼びがかかるさ」

「当たり前だ馬鹿野郎」

「ふん」

深見は笑った。痩《や》せた長身の二枚目は、いつも醒《さ》めた皮肉な物言いをする。

「なかなかいいじゃないか、美島」

「何が」

「お前がだよ。今日はやたら直さいに物を言う。いつもそうでなくちゃ」

「よほど頭に来てるんだよ。自分らは宇宙の見えない部屋の机の上で効率だけ考えて、責任も取らず、あんな大事故があった後でも対策も立てずにただパイロットのせいにして『安全対策は万全だ』なんてぬかす。自分らは単発のセスナも飛ばせないど素人のくせに何が『万全』だ馬鹿野郎」

「美島、お前な」

「ん」

「お前、今その台詞《せりふ》言う前に、頭の中で十回くらい同じこと言っただろ」

「いちいち数えてない」

「お前、昔から感情の十分の一ぐらいしか口に出さないから。もっと言いたいことは言わないといかんぞ。命がけの仕事をしているんだ。変に大局的に考えて怒りを収めたりするな」

深見はカウンターに肘《ひじ》をつき、グラスの中の氷を見ながら横顔で言った。

「命がけの仕事しているやつが、変に遠慮して主張を引っ込めたら駄目だ。事実や真相を知っていても、しがらみが強くて自分の主張なんか何も書けない人間だっているんだ。お前は怒りを収めたりするな」

「収めたりしないよ」

私はグラスを見下ろして、唇を噛《か》んだ。

「するか」

「変に大局的に考えて、人を許したりもするな。そんな必要ないんだ」

「わかってる」

「どうだかな」

深見は横顔でふっと笑った。

「政界や官界や、財界のお偉方を見てみろ。みんな子供みたいに勝手な連中ばかりだ」

「――」

「結局」深見は息をついた。「『戦争』が起こっても、核ミサイルなんか一発も飛ばなかった。けれど放射能で地上の世界はおしまい――まさか世界中の原発があんなことに」

「……」

シュッ
深見はグラスを置いて煙草《タバコ》をつけた。

この『都市』でも、煙草は栽培されている。空気汚染税を取るために栽培している。行政府は喫煙をやめない者たちから収入を得ている。それでもやめない頑固者は多い。

「美島」

「……ん」

「お前の言ってたBMWだけどな、白の633CS・iだろ」

「よく知らないが」

633CSi――あれは、そういう型なのか。

古いモデルだと思った。ボディーがよく磨かれていた。それだけ眼に残っている。

「今、UNニューズの中でも問題になってる。俺も調べてみたんだ」

深見は煙を吐いてそう言いながら、さりげなく店内を見回した。ウィークデーのバーは空《す》いていた。

「そのBMWな」

「うん?」

「持ち主は、経済界の大物だ。ただ、ふだん乗り回しているのは、その人物の孫。慶應《けいおう》大学の四年生だ。〈新麻布《しんあざぶ》〉に住んでいる」

「財界の大物って」

深見は、私もよく知っている名字を出した。確か、地上の世界では大手の携帯電話会社を一代で立ち上げ、その企業グループの総帥となっていた。『兆』の位の資産を持つ、と噂されていた。

「燃料のガソリンはさすがにないから、植物燃料で走っているらしいがね」

「『都市』へ持ち込んだ方法は」

「それなんだが」

深見はもう一度あたりを見た。離れた席に女が一人、いるきりだった。

「いくらなんでも、あんな物を〈脱出〉の時にシャトルに載せられるわけがない。あれは、ここへ来てから造られたんだ」

「造られた?」

「そうだ」

深見は煙を吐いた。

「この〈新東京〉には、三菱《みつびし》と川崎《かわさき》の宇宙船工場があるな」

「ボーイングの下請けのな」

「工場のひとつで、ボーイング社から発注されていた宇宙船パーツのあるロットが、納期になっても上がってこない。宇宙船のパーツは足りない。月との往復で、どんどん消耗しているから、ラインをフル稼働させても慢性的に不足している」

「――」

「不審に思った担当者が、調べた。そうしたら」

「そうしたら?」

「工作機械――精密3Dフィギュレイヤの一台が、別の目的に一か月間、使われていた」

「――?」

「図面のデータさえあれば、フィギュレイヤは材料の金属ペレットを放り込んでやるだけで、どんな大きさ、形状の部品でも造る」

「まさか」

「そうだ」

深見は、胸ポケットから携帯用の灰皿を出し、絞るようにして煙草を消した。

「精密フィギュレイヤが一台、一か月の間、BMWの古い自動車を造るために使われていた。それで予定のパーツの生産ができなかった。しかし報告を上げた生産管理の担当者は、逆に上から口止めされた」

「――」

「話を聞くと、電動カートの生産ラインでは、古い複雑なレシプロエンジンの部品は工作できないらしい。部品点数も凄《すご》く多い。宇宙船工場の精密フィギュレイヤでないと」

私は、言葉が出なくなった。

深見は続けた。

「俺のところへ、内部告発が来た。材料にした金属ペレットも『宇宙船向けパーツ』という目的で取得しているものが流用されている。帳簿のすり替えなら、犯罪性も疑われる。取材を進め、自動車を無理やり造らせた当の財界の大物を直撃した。そうしたら」

「――そうしたら？」

「その六十七歳の重鎮が、俺にこう言ったよ。『特に悪気はない。若い頃に乗っていた車が懐かしくなって、どうしても欲しくなった』」

「……？」

「『いいじゃないか、そういう文化とか、遊び心とか人間の精神的なことも大事だよ。見たまえ、レシプロエンジンの古い自動車に触れて、大学生の孫が大喜びで乗り回している』」

「──深見」

「うん」

「あの車に、金属ペレット、どのくらい使われてる」

「いろんな種類を混ぜて、二トンかな」

「──」

「他にも似たような例がある」

深見はさらに続けた。

「こっちはもっとひどい。人間をすり替えたんだ」

「人間？」

「連合国移民局のファイルでは、日本人の三十歳の外科医で心臓手術のスペシャリストということで移住資格を取っている男がいる。ところがこいつは、私立医大で六年も留年して、国家試験におち続けている財閥のドラ息子だった。おかげでこの〈新東京〉には、まともな心臓手術の出来る外科医が一人もいない」

　私は息をついた。

「怒鳴る気も失せるな——書くのか」

「書けないよ。車の話も外科医の話も、どこかで差し止めがかかる。無理だ」

「ひどいな」

「確かにな。公には出来ないが、似たような話はゴロゴロしている。だがな、俺はこの世界を異常だとは思わない」

「どういうことだ？」

「人間はちっとも変わっていないってことさ。

　世紀が新しくなろうと、住む場所が宇宙に移ろうと、人間という生き物の中身は、そう簡単に変わりはしない。地上の世界が滅びてここへ脱出して来る時に起きたことは、実はこれまでにずっと起きて来たことの繰り返しだ。俺も、お前と同じ二十九だが、今までジャーナリストとして見て来た世の中の人間たちの醜いところは、地上でも宇宙でも全然変わっていない。

　連合国の基準で能力に基づき、公平に選出されたはずの移住者がフタを開けてみればほとんど政界と財界と官界のコネ——お前は怒っているようだが、俺に言わせれば、こんなことは当たり前さ。ちょっと歴史を勉強して現実を見ていればうなずける。人間という生き物の本質は、何万年の昔から変わっていないし、これからも変わらない。宇宙に来たからって、俺がこいつを吸うのを全然やめられないのと同じで、変わらない。いや変えられない」

深見は煙草を押し込んだ使い捨て灰皿を、握りつぶすようにした。

「俺は――」

私は口をつぐんだ。

「俺は、お前みたいに割り切れないよ」

「〈六本木〉――か」

夜の街路は、盛り場と呼ぶには寂しいものだ。〈新東京〉などと言っても、人通りは元のオリジナルの東京で言えば日曜の夜のビジネス街くらいにまばらで、時おり電動のカートが路面を鳴らして通り過ぎるだけだ。

「名前だけ真似《まね》りゃいいってもんじゃない。こんな場所が六本木なもんか。なぁ美島」

「あ――うん」

深見は、空き缶でも蹴飛ばしたいような風情《ふぜい》だった。もちろん、この『都市』に空き缶など転がるわけもない。

店を出て静かな深夜の冷気に触れると、アルコールの力を借りて文句をまくしたてたさっきの勢いが、情けないほど醒めていくのが自分でもわかった。深見が言うように、もともと私は頭に来たからといって怒鳴り散らせるタイプではない。

「元の六本木を知ってるのか？　深見」

「大学の頃な。サークルのみんなでよく呑みに集まった。交差点の本屋の前に集合して、パブで呑んで、クラブ。それからまた呑みに行く。朝までやってる居酒屋とか、騒いでいたけりゃ場所はいくらでもあった」

「サークルって？」

「ラケットボール」

「ふうん」

「隣の目白《めじろ》に女子大があってな、そこの女の子たちと一緒にやってた。呑み会も一緒。楽しくてな。いい娘《こ》がたくさんいた」

「ふうん」

「俺がマスコミ志望だって言ったら『あたしもアナウンサー志望です』って――何ていったかな、あの子……広島《ひろしま》か岡山《おかやま》の地方局に就職できたって聞いたけど――あぁ、いや」

深見は言葉の途中で急に語尾を濁し、小さく頭を振った。『きっともう、この世にはいないだろうな』と続けそうになって、やめたのだ。

「お前はどうだ、美島」

「俺は――って」

「想《おも》い出《で》さ。六本木の」

「ないよ」

「あ？」

「地球にいた頃、六本木で呑んだことは一度もないんだ」

私がそう言うと、高田馬場《たかだのばば》の大学の政経学部を出てマスコミに入ったジャーナリストは、けげんな顔をした。

「美島。お前、大学は確か……」

「大学へは、行ってないんだ」

東京の大学の話題を出されると、実際私はついていけない。サークル活動とか、ゼミのこととか女子学生たちとの交遊とか、私には縁のない世界の事柄だ。私はそれらを、体験しなかった。一般の大学へは進まなかったからだ。

「高校を出てすぐに航空自衛隊へ入ったんだ。航空学生といって、内部で教育を受けて飛行幹部候補生になるコースさ。遊べなかったよ、全然」

「そうか、日本人の宇宙飛行士は――ミッション・スペシャリストでなくパイロットの方は、確か全員空自のテストパイロット出身だったな」

「いや。実を言うと俺は、空自ではテストパイロットになれなかった。その手前の、戦闘機パイロット養成課程で、つまずいちまったんだ。戦闘機コースを外されて、救難ヘリに回された。でもそれも続かなくて、一時は民間の事業航空にいたんだ。小型機だ。いつだったか話しただろう？　宇宙軍のお偉方が指摘するように、俺は正規のコースを踏んでシャトルに乗るようになったんじゃない。戦争のせいさ。偶然なんだ」

「しかし美島、お前テストパイロットは駄目だったかも知れないが、どうして航空自衛隊まで辞めたんだ。民間の事業航空へ行くより、たとえ救難ヘリでも自衛隊で飛んでいた方が安定していただろう」

「いろいろ、あってな」

私は、暗い街路の向こうに目をやりながら息をついた。『都市』の道路は、遠くへ行く程せり上がって、蒼黒《あおぐろ》い農業地区の闇の中へ消えていく。頭上で〈空〉をぶち抜いているはずの巨大な中央シャフトは、天候調節ミラーを使った巧妙な光学処理で見えないようにされている。同じく円筒の内面を形成している、向こう側の地面もだ。何気なく見上げても、地球にいた頃の夜空とあまり変わらない。だが微妙な違和感はある。何と表現すればいいのだろう、頭の上にフタをされているような――

「最初は、宇宙飛行士を目指して空自に入ったんだ。戦闘機コースへ進んで飛行開発実験団のテストパイロットになれれば、宇宙への道が開ける――でも駄目だった。戦闘機コースのしょっぱなで、俺は脱落してしまった。目標を失っておちこんだ俺に、命がけの救難の仕事なんて無理だった。配転させられた小松基地の救難飛行隊には航空学生の同期がいた。そいつは戦闘機に乗れる腕を持ちながら、みずから進んで救難の道を選んだ男だった。そいつを目の前にしたとき、俺は――」

私はそこまで話して、ふと夕方の深見の言葉を思い出した。

「そういえば深見」

「うん？」

「お前、樋口について聞きたいとか言ってたよな」

「ああ、そうだった」

「何だ」

問うと、友人は立ち止まり、コートのポケットに手を入れたまま周囲の街路を見回した。

季節の設定は、今は〈初夏〉だが、〈夜〉にするため日照を絞り込むと秋の終わりのように冷え込む。地面が薄いから、熱量を保っていられないのだ。

「ここじゃまずいな――」

深見は、自分の部屋へ行って呑み直そう、と言った。

「寄って行けよ。実はな、凄い物も手に入ったんだ。お前にも拝ませてやるよ」

5

　私は深見と最終近いモノレールに乗り、彼の住む国連宿舎へ向かった。一般居住区の東の端にあるブロックにたどり着くと、午前一時を回っていた。

「何だよ、凄い物って」

「まぁ座れ」

　彼――深見の待遇は、私と同様か、少し悪い位だった。彼も私と同様、コネも何もなくてこの宇宙都市へ渡って来た人間だ。彼を支えているのは、ジャーナリストとしての手腕だけだ。他に頼れるものが何もない。

「座れって、どこに座るんだ」

　月に十日しか帰らない私の住まいと比べても、深見のワンルームは散らかっていた。

「適当に片づけて座れ。今、氷を出すから」

　深見は冷蔵庫を開け、ごそごそやり始めた。

「テーブルの上も片づけといてくれ」

　しばらくして、氷を入れたグラス二つと蒸留水のボトルを持って来た。脇には、小さな銀色の缶詰のような物を抱えていた。

「この間、知り合いの医者から分けてもらった。お前と呑むとき開けようと思ってな。取っておいたんだ」

「お、おい、それ――」

私はその缶詰――本当に鉄製の缶詰だった――を眼にした瞬間、言葉が止まった。

缶詰には、見覚えのある赤いラベルが巻いてあった。それはひどく懐かしい。飛び跳ねるようなポーズの魚と、蒼黒い海の絵。そして円に囲まれて『は』のマーク。

「凄いだろう。正真正銘の、地球の鮭缶《さけかん》だぞ」

「これは――凄い」

私は思わずテーブルから乗り出して、深見の差し出す赤いラベルに見入った。

「こんなもの見るのは、四年ぶりだ……」

「だろ」

「うん」

ラベルに記してある細かい数字や文字までが、懐かしかった。

「あるところにはあるんだよ」

彼はキコキコと音を立てて缶を開けにかかった。香《かぐわ》しい水煮の匂《にお》いが鼻を打った。いい匂いだった。

「うー」

「あーたまらん、この匂い」

二人そろって、情けない喚声を上げていた。

私も深見も、数秒間夢中でその匂いを吸い込んだ。円形に切り開いた缶の隙間から立ち昇って来る香り――それは今の『都市』には決して存在しない、地球の海の匂いだった。

「いい匂いだなぁ」

「そうだよなぁ。こんなにいいものが大量に安く出回っていたんだから、戦争になる前にもっと食っておけば良かったな」

「そうだよな。まったく、ホームシックになりそうだぜ」

私がそう言ったとき、深見がふと「ホームシックか」真顔に戻った。

「どうした？」

「うん。実はな」

深見は缶のフタを開けかけた手を止め、フォークを置き、私を見た。

「これを俺にくれた医者、神経科医なんだ」

「神経科がどうしたんだ？」

「内密に、調査を依頼された。『連合国政府の内部で密《ひそ》かにデータを取っていないか』と、向こうからアプローチして来た。『他の三基の都市でも、自分のところと似たような症例が頻発していないか』と」

「話が見えない」

「すまん――実はな美島、お前は知らないだろうが、最近〈田園調布《でんえんちょうふ》〉の辺りで神経症患者が増えている」

「神経症？」

深見の言う〈田園調布〉とは、政治家やキャリア官僚、財界の要人などが家族と共に住む、居住区の一角を呼び習わしてそう言う（茶室付きの屋敷、というのもその辺りにあるらしい）。

「この間、その医者に会って来た。詳しく話を聞いた」

「それで」

「その神経症というのが、〈現実感喪失症候群〉――どうやら、一種のホームシックらしい。『下の世界が恋しい』という」

「ホームシック？」

「下の――故郷の記憶ばかりに浸ってしまい、ここでの現実の生活が嫌になる」

「……」

私は眉をひそめた。

「馬鹿を、言うな」思わず、その言葉が口をついて出た。「こっちは物資輸送で月間飛行時間一〇〇時間以上、月面とここを月に三回も往復しているんだ。冗談でもそんなものにかかっている暇があるか。お前もそうだろう」

「俺も地球のことは懐かしいが、お前と同様忙しいせいかな、ホームシックとまではいかん。ま、この『都市』にも例外的に、暇な人間がいるのさ。それでその医者は気になって、神経医学会のデータベースで検索したらしいんだが、自分の患者と似たような症例が頻発しているというデータは見つからなかった。でも、何か腑《ふ》におちない。そこで内密に俺に頼んで来たんだ。調べて欲しいと」

「調べたのか」

深見はうなずいた。

「結論から言うと、厚生労働省がデータを隠してた」

「厚労省が？」

厚労省、というのは日本国臨時行政府の厚生部のことを言うが、誰も厚生部とは呼ばない。官僚たちが、自分たちのいた省庁の名前を平気でそのまま使っているからだ。当然、財務部の官僚は自分たちの役所を財務省と自称している。

「確かに〈田園調布〉周辺を中心に、似たような神経症患者は増えていた。いや、今も増え続けている。他の三基の『都市』についても同様だった。各都市の一等高級居住区を中心に、やはりホームシック患者は増え続けている」

「どうして行政府は隠すんだ」

「おそらく『人心に混乱を招く』とか、誰かが判断したんだろう。今のところ取材に圧力はないが」

「ふうん」

「なぁ美島、お前は、帰りたくならないか」

「どこに」

「地球にいた頃にさ」

「帰りたくなんかないよ」

「本当か」

「あぁ」

私はうなずいた。

「本当さ」

「宇宙を飛んでいて、地球を見ることがあるだろう」

「あるよ」

「宇宙に地球が浮いているのを見て、何かこう、胸が苦しくなったりはしないか」

「ない」

私は頭を振った。

「飛行中は忙しい。月軌道へ向かう時は、減速が三秒遅れただけで宇宙の彼方へ吹っ飛んで行ってしまう命がけのフライトだ。分刻み秒刻みでスケジュール画面を睨《にら》みながら、手順を進めなくてはいけない。そんな感傷に浸っている暇はない」

「そうか」

「窓から地球が見えても、ああ地球があるな、そう思うだけさ」

「地球でのことも、想い出さないのか？」

「交代で仮眠を取るときだけかな。何か想い出すとすれば——」

「寝ていると、少しは想い出すか」

「ときどき、ひどく懐かしいイメージのようなものを見る。だが操縦席に戻ると、そんな幻のようなものは吹っ飛んでしまう。宇宙は情け容赦ない。船に隙があれば、命を奪いにかかって来る——俺たちは自分の生命をかけて闘わなければならない」

私の脳裏に、過熱したコンテナを必死になって切り離そうとする、事態に対処しようとする二名のクルーが浮かんだ。彼らも今頃、飛行停止を食らってしょげているだろうか
——何の罪もないのに。

鳴り響く警報。

暗闇の深淵《しんえん》で、白色光と共に飛散していく船体——

宇宙服の私たちを吹き飛ばした、雪崩《なだれ》のような衝撃波。回転する星空。そして宇宙ヘル

メットの酸素レギュレータの音――漂流していた十六時間の間、聞こえていたのはそのシューシューという酸素調圧器の音だけだった。

「宇宙は冷たく、過酷だ。俺の同期が『宇宙は冬山と同じだ』と言っていたが――」

「樋口大尉がか？」

ふいにそう言われ、私は思わず深見の顔を見た。

「なぜ、それを――」

「彼だな」

深見はシャツのポケットから、携帯を取り出した。

テーブルのダウンライトの下でページを開き、読んでみせた。

「樋口康弘《やすひろ》。二十九歳、大尉。地球では登山を趣味にしていた宇宙飛行士。確か、お前と同じに一年前から8707スペースプレーンの船長になっていたな」

「樋口が、どうしたんだ」

だが深見はそれには応《こた》えず、私の方に眼を上げて訊いた。

「なぁ美島。俺たちの居るこの一般居住区と、〈田園調布〉と、何が違うと思う」

「何がって――何が」

「〈田園調布〉はいい場所らしい。採光用のグラス・プラットフォームに面している。この『都市』では最高の一等地さ。そしてそこではな」

深見の手の中で、氷がカランと音を立てた。

「空に隙間があって、一日四回、じかに地球が見えるんだよ。ビー玉のようなサイズらしいが、青い地球がな」

「――」

「厚労省の筋を追って行ったら、あるファイルに突き当たった。プロテクトが堅くて、断片的にしか読めなかった。その中のあるページで、月への往復任務から８７０７コアシャトルを一隻外して、特別整備に入れる、という項目があった。厚労省のファイルだぞ。同時にクルー十名もローテーションから外し、短期の特別任務に就けると――内容はよくからん。しかし宇宙軍の輸送任務スケジュールと照合したら、船長の名が洗い出せた」

「――樋口か？」

私は、かつて空自の救難飛行隊で短い間籍を同じくした、同期生の顔を思い浮かべた。

「美島。樋口大尉から最近、何か聞いていなかったか？　いったい大尉はどこへ」

深見がそこまで言いかけたときだ。

静かだった室内の空気が、突然、震えた。

ドアを激しく叩く音だった。

同時に
「開けろ！」

コンパートメントの外廊下から大声で怒鳴る者があった。

「開けろ。宇宙軍査察班だ」


三十分後。


私と深見は、日本国臨時行政府の中央庁舎へと『連行』されていた。

ここ数日、色々なことが起きる。

変わったことというのは、まとめて起きるものなのだろうか……? そう言えば昔の航空事故も、一度起きればまとまって続いたものだし――

私は窓のない一室の裸の椅子《いす》で腕組みし、白い天井を見上げながら思った。

「――まずかったかな」

隣で深見がつぶやく。

「俺が、しつこく嗅ぎ回ったのが、上のカンに障ったか……お前には済まんことをした。とんだ巻き添えだ」

「いや」私は頭を振る。「さっきの査察班の将校だが『深見等と美島修一だな』と言った。俺にも最初から、用があったみたいだ」

深見のワンルームに押しかけてきたのは、査察班のメンバー数人だった。連合国宇宙軍の緊急統治下にあるこの世界では、査察班すなわち警察だ。先頭の将校以外は、みな腰のホルスターに拳銃《けんじゆう》を吊《つる》していた。

ドアを開けた深見に、将校は「深見等だな」と言った。

「深見等だな。君を連行する。理由は言えん」

「何だと⁉　何の権限があってお前ら――」

「理由は言えないと言っただろう。あまり面倒はかけないでくれ。そちらは美島修一大尉ですね。ご面倒ですがあなたも一緒に来ていただきたい」

私と深見は公用の電気自動車に乗せられ、有無を言わさず連れ出された。

「何のつもりだ、中尉」

私は助手席の将校の背に言った。

「大尉、本官に聞かんで下さい。本官も理由は知らされていない。ただあなたがた二人を『ただちに出頭させよ』という命令以外には」

「俺が深見の部屋に居ることも、なぜわかった」

「よく知りません。ただ、そちらの深見さんとやら、あなたは少々、上から睨まれているようだ。本官も警察庁のキャリアじゃないから、どっちかと言えばあなたがたに近いんだが――近いからこそ言わせてもらうが、この『都市』で上に逆らったって、しょうがないんじゃないですか？」

「ご忠告、大いにありがとう」

私たちは、この奥まった窓のない一室に連れ込まれ、もう十分ほど待たされていた。

私と深見は二人でぼうっと天井を眺めていた。酔いはすっかり醒めていた。

「俺、昔からおまわりって嫌いだ」

深見がぼそっとつぶやいた。

「俺もさ」

「美島は自衛隊にいたんだろう?」

「関係ないさ。自衛隊と警察は、仲が悪いんだ」

「そんなもんか」

深見は両手を頭の後ろに回し、ため息をついた。

「何が嫌かってなぁ——空いた道路を気持ちよく飛ばしていると、いきなり物陰から出て来て旗を振るおまわり」

「あれは嫌だな」

「俺は大学の頃から都内で独り暮らしだったが、アパートの前に路上駐車していると、『移動しろ』って文句言いに来るおまわり」

「それも嫌そうだな」

「そういう時ってな、チャイムがあるのに、わざとドアをガンガン叩くんだ。さっきみたいにな。それで、大声で名前を呼ぶ」

「尻上《しりあ》がりにアクセントが高くなるのか」

「そう。威圧感与えようとして、わざとやるんだ」

「向こうも、他人を従わせなきゃいけないから、必死なんだろう。言うこと聞かないやつも、たくさんいるんだろうし――」

「真面目《まじめ》なんだろうな」

「うん」

「でも、そういう小うるさい巡査たちも、今はもういない。さっきの査察班の中尉、キャリアじゃないって言っていたが、どういう運の巡り合わせでここへ来たのかな」

「さぁな……」

「真面目な警察官たちは、きっと最後までお上の命令通りに群衆を規制して、そしてみんな一緒に放射能で死んで行ったんだろうな。連中の大部分は、避難用の『都市』があるなんてことすら知らずに」

深見も私も、ため息をついた。

「みんな死んでしまったな」

「ああ」

「警官も学生たちも、髪の毛を染めた若いやつらも」

深見はジャケットのポケットから煙草を取り出すと、ライターを鳴らした。ここへ入る時に身体検査はされなかった。少なくとも、犯罪者扱いではないのか……？

「美島。俺な、学生時代にスピード違反と駐車違反の減点が溜《たま》って免停食らったんだ。免停も中期だと裁判所まで罰金払いに行かされる。懐かしいよ、あの裁判所。待合室には煙草の煙がもうもう立ちこめて、昼間からひっくり返って寝ちまってるやつもいて、判事は一日じゅう怒鳴りっぱなしで——あそこは社会の縮図だったよ。いろんなやつがたくさんいた。あそこを見て俺は、将来弁護士にだけはなるまいと思ったんだ」

「いろんなやつがいたな」

「ああ。地上には、いろんなやつがたくさんいた。そして、いろんなやつがたくさん死んだ。みんなみんなたくさん死んで、生き残ったのは——」

深見がそこまで言いかけたとき、部屋の外に足音がした。

私と深見は顔を見合わせた。

深夜の庁舎の廊下を鳴らし、一団の男たちがドアを開いて入室して来た。その中に軍人が混じっていることは、近づいて来る足音でわかった。

「岩国《いわくに》参議官——!?」

先頭の男を見た瞬間、深見が驚きの声を上げた。一団の先頭で部屋に入って来たのは、銀髪の見事ながっしりした初老の男だった。背後には制服の宇宙軍士官を数人、従えている。士官たちは佐官クラスだ。いずれも日本人だった。

「もと防衛大臣が、私のような一介の記者に何の御用です」

記者会見で政治家に突っ込みを入れるのが商売だから、深見は目の前に立った政治家に気圧《けお》されることこそなかったが。隣にいて、わかるほど緊張していた。

それはそうだ。著名な政治家が目の前を通るのを見ることはあっても、査察班のお迎え付きで呼びつけられるなんて初めての体験だろう。もちろん、私もだ。

（……!?）

だが私は。

次の瞬間、一団の最後に入室して来たスーツ姿の長身の男を目にすると、身体の中に嫌な周波数の電気が走るような感じがした。

（……こいつは）

一団の男たちが、私と深見の前にずらりと立つ。隣で深見が「ずいぶんと強引じゃないですか」と抗議する声が、少し遠くなるような気がした。銀髪の初老の政治家、居並ぶ中年のエリート将校たちの後ろでドアを閉め、そのスーツ姿の若い男はさりげなく端に立った。長身、メタルフレームの眼鏡。唇を薄笑いのようにひきつらせ、片手をポケットに入れて、立ち並ぶ中年以上の男たちを横目で眺めていた。その視線は『この連中よりも本当は自分の方が偉い』とでも言うようだ。年齢は私と同じくらい――いや、私と同じだ。

（こいつに、こんなところで出会うとは）

その顔は、この『都市』で私が一番見たくない顔だった。

（変わっていないな――淵上《ふちがみ》）

私は一団の端に立っている長身の若い官僚を、眼の端で睨みながら心の中で言った。

「君が美島大尉か」

深見が『岩国参議官』と呼んだ政治家の声が、私の思考をさえぎった。

「呼びつけて済まない。君が疲れているのはよく分かっている。よく生還したな。二名の乗員も負傷させずに連れ帰った。立派なものだ」

岩国という政治家は、旧世紀の古いビデオクリップに登場する洋画の俳優の吹き替えみたいな、バリトンの声だ。

「おかげで一週間も休養をいただきましたが」

皮肉のつもりで、私は応えた。『立派だ』とか言うなら、処分されないよう裏で尽力してくれたらどうなんだ……？

「さて、強引に君たち二人をここへお招きしたのは、特別な用事があったからだ」

「やっと本題ですか」

横で、深見が茶々を入れるように言った。

「そうだ」

政治家はうなずいた。

「知っておろうが。私は、日本国臨時行政府を代表して連合国宇宙軍に派遣されている参議官の岩国だ。終戦までは防衛大臣をしていた。死んでいった若い者たちには、今でも済まないと思っている」

「済まないと思われるんなら腹でも――いや」

深見は言いかけて、自嘲《じちょう》するようにやめた。その深見を将校たちが睨むように見た。

「済んだことは、仕方がないですね。口で何を言おうと」

「深見君、君の撮ったドキュメンタリーは拝見した。感動したよ。実は日本を出て来るとき、私は奈良《なら》のある高名な僧に会ってね」

銀髪の政治家は、ジェスチュアを交えて話し始めた。表情も豊かだ。選挙を何回も戦って勝ったんだな――そう感じた。

「『都市』への移住をお誘いしたのだが、断られてしまった。日本の文化を遺《のこ》すため、ぜひとも脱出していただきたかったのだが……。その偉い坊さんが、私に言われた。『何もせん方がええ』――人類存続委員会の計画など、何もするなと言われたのだよ。人間は、このまま、生まれた地球とともに滅びていけばいい。生まれた星を失ってまで、無理に生き続ける必要はない。それが生き物として正しい道とは思えない――そうおっしゃられた。しかし私には〈脱出〉ミッションを実行し、四万人の日本人を宇宙へ逃がす責任があった。『はいそうですか』とは答えられなかった。しかしその僧の言葉は、ずっと私の頭に残り続けたのだ。放射能で地球を駄目にした我々人類に、宇宙へ逃げ延びてまで生き続ける資格が、あるのだろうか……？」

岩国参議官は、沈痛な表情をしてみせた。訓練で獲得した顔の筋肉の動きなのか、本当にそう思っているのか、私には解《わか》らなかった。

「だが深見君、君のドキュメンタリーを見たとき、私は思った。人間は捨てたもんじゃない、なかなかやるじゃないか。この宇宙でも、きっと逞《たくま》しく生き抜いてみせるぞ――君の作品のおかげで私はそう新たに誓ったのだ」

横で、深見があくびをかみ殺した。将校の一人が、またジロッと睨んだ。

「現在、我々日本行政府をはじめとする連合国は、この宇宙都市での生存基盤の維持・確立のため、全力で努力している最中だ。足元の土台を固めるため必死になって日夜頑張っているわけだ。地球を脱出して早や四年、しかし宇宙都市の環境を整えるための問題は依然として山積しておる。都市自体の整備をはじめ、資源の調達、食料の増産、将来に亘《わた》る人口の管理――全力を費やしてさえ現状維持が精一杯だ。行政府部内には、こんな非常時だというのに『外惑星の開発をやれ』などと、夢みたいなたわごとを口にする者も少数おるようだが――」

岩国は、居並ぶメンバーをちらりと横目で見た。

「とにかく、そういうことで現下の情勢を踏まえた上で、深見君、君にまずお願いがある。お願いと言うか、要請だ」

「何でしょうか？」

「第一〇一居住区に広がる神経症患者についての取材を、今後いっさい止《や》めて欲しい」

「何ですと⁉」深見が気色ばんだ。「〈田園調布〉のホームシックの取材を止めろ、と言われるのですかっ。いったい何の権――」

「だから頼んでいるのだ」

銀髪の政治家は、ぎょろりとした眼で深見を睨んだ。睨むと、後ろに控える将校たちよりも迫力があった。

「――しかし」

「頼む。その代わり、ドラ息子の外車の話とか、くだらんスキャンダルはいくら掘り返してもかまわん。そういう話題は好ましくはないが、人々に刺激を与える。むしろあった方がよい。しかし神経症問題は別だ。『都市』の社会全体に不安をもたらす。ただでさえ全人類が全力で現状維持しなければならないこのときに、『スペースコロニーは人間が生活するのに適していないのではないか』『人間は宇宙で生きて行くのに適していないのではないか』人々がそう疑い始めたらどうなる？　奈良の坊さんの話は、私だけが胸の内にとどめておけばいい。だがみんながそう思い始めたら——深見君、頭のいい君なら知っているだろう。我々人類は、あと何年この『都市』で生き残りながら、地球の復活を待たなくてはならない？　五十年か？　それとも百年か？」

「——」

「そうだよ。我々はこれから少なくとも二万四千年、この『都市』で暮らさなくてはならない。生き続けなくてはならない。例のあの物質の半減期だ。二万四千年は、五十六億七千万年よりは短い。しかし現在生きている市民にとって永劫《えいごう》の未来であることに変わりはない。そして我々はここにしか、生きられる場所を得られない」

「——」

「みんながこの場所に疑問を持ったら、我々はおしまいだ。二万四千年の最初の四年ですべておしまいだ。そうなるわけには行かぬ。人心の安定が乱れるのは非常に困る。今、宇宙軍は人類の存続と安定のためならどんな事でもやる。法や、個人の権利など後回しだ。君がどうしても取材するというのなら、君を消すのも辞さないだろう。いや、私がやらんでも誰かがやる。事故に見せかけてエアロックから君を外へ放り出すなど、造作もないことだ」

岩国は、最後の『造作もないことだ』だけを、猫撫《ねこな》で声で言った。

深見は、岩国とは眼を合わせずに聞きながら唇を嘗《な》めた。

「だが私は、若い者がこれ以上無駄に死ぬのを見たくないのだ。わかってくれ」

岩国は感情たっぷりに、さらにいくつか深見に言葉をかけた。深見は腕組みをして、不機嫌そうに聞いていた。逆らうな、仕方がない、と私は目で合図した。わかっている、と彼は横目で返事をした。

「では深見君、君への用事はこれで終わりだ。帰ってよろしい。済まなかった」

深見は黙って席を立った。

「依怙地《いこじ》になることはない。君は負けたのではない――ああ美島大尉、君は残りたまえ」

一緒に立とうとした私を、政治家は制止した。

「は?」

「本当の用事は、これからだ。あ、深見君、君は引き取りたまえ」

岩国は深見を帰してしまった。

(……何なんだ)

私には、〈用事〉というものの内容が想像出来なかった。一昨日の船の爆発に関しては、もう処分を受けている。『立派だ』とか言っておいて、またぞろ蒸し返そうとでもいうのだろうか。

「はっきり申しあげますが参議官、あの爆発の原因は」

「もうそれはいい」

岩国はさえぎった。

「今夜、君を呼び出したのは緊急の用事でな。でなければ私も、こんな真夜中に起き出しては来ない」

「どういう〈用事〉です」

「端的に言えば——君に名誉回復のチャンスを与えよう、ということだ」

「名誉回復——？」

政治家の口から出たその物言いに、一団の端に立った若いキャリアが唇をキュッとひきつらせた。皮肉そうに笑ったようにも見えた。

それが目に入っても。

私には、政治家が何をさせようとしているのか、見当もつかなかった。

「詳しいことは、こちらの森《もり》中佐が説明する。まあ座って聞きたまえ。森君、頼む」

頭を短く刈り込んだ将校が前に出た。資料の束を抱えている。温厚な顔つきだ。この中佐にだけは殺気がなかった。技術将校だろうか。

「調査局の森中佐です」

礼儀正しい男のようだ。眼鏡を光らせ、年齢も階級も下の私に一礼をした。大戦では実戦部隊には出ず、どこかの研究所か情報センターにいたのだろう。

「美島大尉。あなたは、樋口康弘大尉をご存じだと思うが」

「樋口は航空学生の同期です」

私は応えた。

「同じ空幕八四期で、同い年です。やつは救難ヘリを希望してＵＨ60Ｊに進み、小松の救難飛行隊へ行きました。私は戦闘機養成コースから外された後、短期間ですが小松で一緒に飛んでいました。その後、私は民間へ移りましたが、終戦前にフロリダの訓練センターでまた一緒になり、宇宙飛行士への昇格訓練を受けました」

「仲はいい方かね」

「頑固者ですが、いいやつです。樋口が何か――」

そういえば、深見がその行方をしきりに気にしていた。

樋口康弘――航空学生の同期では、変わり者だった。みんなが戦闘機コースを希望する中で一人だけ救難ヘリを希望し、山岳救難の現場へ身を投じて行ったのだ。

――『宇宙は、冬山と同じだ。美島』

「樋口大尉がどこへ行ったか、知っているかね」

中佐の声に、私は思わず顔を上げた。

「極秘……いったいどこへ行ったのです」

「よろしい、彼は口が堅かったというわけだ。実は、樋口大尉は一か月前から宇宙軍の極秘任務に就くため、訓練に入っていた。通常の輸送飛行には出ていない」

「いえ。何も」

「彼から聞いているか」

「樋口は──どこへ行ったのです」


「地球だ」

「──」

私は、椅子にかけている感覚がなくなった。

「──地球へ、ですか⁉」

「正確には東京だ。第一次探査隊を率いて、降下した。十日前のことだ」

森中佐はうなずいた。

「ここ四年間、我々宇宙軍は各スペースコロニーの建設維持に精一杯で、放棄した地上の状態を探ることすら出来ないでいた。むろん地上の生命は死滅しており、専門家から見れば地球に戻って住むことなど到底不可能と分かってはいるのだが、『故郷の様子をそろそろ知りたい』という上層部からの要望が強くてな。彼を含む十名の隊員を、必要な準備をしたのちスペースプレーンで東京へ降下させた」

「本当ですか⁉」

「そうだ。そして――」

「そして？」

「帰って来ない」

――『宇宙は、冬山と同じだ。美島』

6
「樋口が――帰って来ない……」

「そうだ、美島大尉」

森中佐はうなずいた。

「樋口大尉の率いる第一次探査隊は、帰って来ない」

帰って来ない。その台詞《せりふ》に、居並ぶ将校や官僚たちは、なんとなく私に視線を集めた。

宇宙飛行士の遭難行方不明――この四年間、『都市』群から月への往復飛行に飛び立った往還船が突然連絡を絶ち、帰って来なかった事例は残念ながら数回起きている。

今回、私は運よく生還できたが――行方不明になった飛行士たちはどのようなトラブルに見舞われたのだろう、緊急事態を通報する暇もなく、宇宙のどこかで何かが起き、彼らは帰って来られなくなった。何が起きたのかは想像もつかない。我々の飛行の経験などは、海底探査にたとえれば日本海溝の真上の水面から一メートルほど潜って、深海を覗《のぞ》き見ている程度のものでしかない。暗闇《くらやみ》の深淵《しんえん》の奥へ分け入って行けばそこに何が待っていて、何が起き得るのか……。見当もつかない。

しかし、目の前で知らされた状況は、これまでとはまるで異なっている。

(何だって)

放射能で死滅した地表を探査に降りて行き、帰って来ないだと……?

私は、かつて航空学生の同期だった樋口の顔を思い浮かべた。強い意志をそのまま形にしたような太い眉《まゆ》。日に灼《や》けた頰《ほお》。樋口は山男だった。本来なら戦闘機へ進める腕を持ちながら、あえて救難の道を選んだ男……。

「三〇時間前に定時連絡が途絶え、帰投時刻になっても戻らない。つまり、消息を絶ったというわけだ」

技術将校はクリップボードにはさんだ報告書をめくりながら、「現在も呼び続けてはいるが応答はない。自動着信信号は戻って来るから、通信装備の故障でないことだけは確かなのだが」とつけ加えた。

「いったい地表で何が起きたのです」

「わからん」

ちくしょう、簡単に言いやがる。

「遭難したと言うのですか。あいつが……」

「美島大尉。そこで君に頼みたいことだが、想像はつくだろう」

「――」

黙り込んだ私に、森中佐は告げた。

「第二次探査隊を率いて、ただちに地表へ――東京へ降下して欲しい。第一次探査隊の救助にあたってくれ。助けられないまでも、原因を調査して欲しい」

「そういうことだ。頼まれてくれぬか」

岩国参議官が、ギョロリとした眼《め》で私を見た。

「彼らが消息を絶った原因がはっきりしない以上、同じ危険を冒すことになるかも知れない。しかし、君の腕を見込んで頼むのだ」

「軍としても、君の力に期待している」

「――」

調子のいいことを。事故調査委員会では『事故るやつは腕が悪い』と言われたのに。

「第二次探査隊のリーダーを引き受けてくれれば、君の処分は即時撤回させよう。任務に成功すれば昇進も考慮しよう。どうだね、美島大尉。名誉回復の絶好のチャンスだぞ」

たたみかける岩国の数メートル横で、長身の若い官僚——私が十年以上前から知っている整った顔の男が、メタルフレームの眼鏡を人差し指でツイと上げ、フッと笑った。

(気にいらない……)

私は目の前の政治家から視線をそらし、唇を噛《か》んだ。


行政府の中央庁舎を出ると、まだ真夜中だった。

密閉された世界は、静まり返っていた。

耳の奥に微《かす》かなうなりのように感じるのは、この『都市』の自転音響だ。固有振動の九九・九九パーセントをコンペンセイターによって消去しているから、身体《からだ》に感じるのは、こんな深夜だけだ。

私は、官庁街を見下ろす正面階段で立ち止まると、〈空〉を見上げた。

「地球、か」

息を吐くと、白くなった。

人工の夜空だ。プラネタリウムのような屈折層に、ミラーで投影された星座。そこに地球はない。この『都市』で地球が拝めるのは〈田園調布〉の一角だけだ。

(……地球か)

地球を見たいとも、思わない。

（樋口――お前は、なぜあんなところへ行った）

――『山が怖いか、美島』

「――樋口」

私は唇を噛み、つい十分前のあの部屋でのやり取りを思い出していた。

「樋口は仲間で、友人です。世話にもなっている。見過ごすわけには行きません」

「そうか。行ってくれるか」

政治家は、感激した顔の表情を造ってうなずいた。

「ありがたい」

「時間をください」

自分が断わったら、この連中はどうするつもりだったのか――？　そのことは考えないようにした。

「時間が必要です。大気圏再突入ミッションは、もう四年もやっていない。シミュレーターで最低四時間ほど、慣熟訓練をする必要があります。それから、経験を積んだ腕のいい副操縦士と、機関士が要る」

「残念だが時間はやれないのだ、大尉」

だが腕時計を見ながら、技術将校は言った。

「どういうことです？」

「彼らの——第一次探査隊の８７０７型スペースプレーンには特注の空気ろ過循環システムを装備させているが。地表面の放射性物質濃度から見て、フィルターがもつのは今から——流量を制限したとしてもおよそ一〇〇時間程度だ。それを過ぎると、たとえ船内にいても宇宙服を着て、タンクの酸素を吸わなければならない。BH一一四〇から東京まで、七二時間はかかる。明日の、いや今日の正午には出発しないと、間に合わない」

「今日の昼——？　冗談じゃない、無茶です」

引き受けたはいいが、条件は無茶だった。これだから素人は。

「ぶっつけ本番で大気圏に突入しろと言われるのですか⁉　危険です。私は前世紀のチャールズ・イエガーじゃない。それに他のクルーだって……」

「準備については、財務部から説明させる」

政治家が言った。

「さきの第一次降下探査計画でも、機材や人員、予算の面を財務部に都合してもらった。今回も骨を折ってもらう。本当はこんな計画に、回す予算もエネルギーもないのだが……。淵上補佐官」

呼ばれると、端にいた長身の若いキャリアは、ファイルを手に進み出た。

「――」

私は、そいつと向き合った。眼《め》を一瞬、合わせたが、そいつも私も、それきりお互いを見なかった。

「財務部主計局の淵上です」

抑揚のない声が聞こえ、ファイルを開く音がした。

「救助隊――第二次探査隊の準備状況について説明します。まず資源探査能力をもつボーイング8707R型を一隻、輸送任務から外し、すでに大気圏突入用に特別整備に入れている。夜通し全力を挙げ、正午には完了予定。さらに連合国宇宙軍の大型牽引《けんいん》船を一隻、日本臨時行政府でチャーターした。地球の衛星軌道までは、そのスペース・タグが第二次探査隊の船を運ぶ。牽引船内のシミュレーターが訓練用に使用可能。副操縦士、機関士、二名の船外活動技術者もすでに候補者を手配済み――」

「ちょっと待ってくれ」

私は言った。

「地上からの支援なしに、東京へ降りるんだ。副操縦士にも船長資格をもったベテランの飛行士が必要だ。人選は私にさせて欲しい」

「それができんのだ、美島大尉」

岩国が、少しいまいましげに言った。

「他のクルーは、もう決まっている。いや、決められてしまったのだ」

「――？」

半ば独り言のように、政治家はつぶやいた。

「私は、元はと言えば、地表の探査計画自体にも反対だった。今そんな余力は我々にはない。しかし私よりもさらに上層部の意向には、残念ながら逆らえなかった」

肩をすくめるようにした。

地表の探査は、この政治家の本意ではなかった――そういうことか。なら『そろそろ地上の様子を知りたい』と言い出したのは、どんな連中だ……。

「美島君」

岩国は、少し沈痛な表情で私に言った。表情は自然な感じがした。おそらくこの政治家の、これが本心か。

「私は、出したくもない探査隊を出す責任を任せられ、若い連中十名を遭難させてしまった。一刻も早く、救助をしたいのに、救助隊のクルーまで上の意向を押しつけられた。だからこそ有能な船長が欲しかったのだ。君がクルー二名を引き連れて生還したと聞き、ぜひとも欲しくなった。そういうことだ。正午の出発も動かせない。どうかよろしく頼む、大尉」

出発は正午。場所は宇宙軍第二ドック。『君は身ひとつで来ればいい』と言われ、私は放免になった。

（……名誉回復、か）

私は息をつき、また歩き始めた。

送りの車はことわった。一人で歩きたかった。

午前三時。中央庁舎前の正面階段を降りて行くと、市街地は真夜中だ。人気のない歩道を〈新代官山〉の方角へ歩きかけると、街灯の陰に赤いものが見えた。

（――？）

ふと足を止めて振り向くと。

赤いコートだった。

「こんばんは」

女が言った。

「まだ夜は冷えるわね」

「君は――」

長い髪の女が、街灯の下に現われた。

カツ、カツとヒールを鳴らし、女はこちらへ歩いて来る。ほっそりしたシルエットが逆光になる。ソバージュの広がった髪。足首の細さがよく目立つ。

「君は――確か」

見覚えがあった。

思い出した。

「確か、さっきバーにいた……」

「こんばんは」

女はもう一度言った。

「あなた、宇宙飛行士でしょう」

「聞いてたのか」

「あんな場所で、大声であんなことをしゃべるものではないわ。この世界は、〈あの人たち〉のものなんだから」

私の隣に立ち止まると、女は髪をかき上げた。肩から力を抜き、ふっとため息のようなものをついた。

「あたしたち下じもは、おとなしくしていればいい――」

女はゆっくりとしゃべった。少しかすれた声だった。

「君は、誰《だれ》だ」

「さあ、誰かしら。でもひとつだけ教えておいてあげる。〈新六本木〉の店には全部、調査局のモニターシステムがついてるわ。あの記者さんもあなたも、青いわね」

「──」

「でも、そういう粋《いき》がった青さが、あたしは好き。まるで昔の」

彼女はソバージュの髪を揺らし、せつなげな含み笑いをした。

「ねえ、美島大尉」

「え」

驚く私を、女は細い眉《まゆ》を上げて見つめた。

「よかったら呑《の》まない？　どうせ今日の昼までは暇なんでしょ」

「君は──何者だ」

「さあ」

彼女は歩き始めた。背は高い。私と並ぶくらいだった。

「おい」

女は先に立って歩き始めた。

夜の街路に、長い影が伸びた。

（──あの女……？）

長い影の後ろ姿を見たとき、私はふいに不思議な感じを覚えた。

（……どこかで）

なぜだろう、私は過去にその後ろ姿と、どこかで逢《あ》っているような気がした。どこだろう。わからない。

しんと静まり返った歩道に、カツ、カツとヒールの音が響く。

「どうするの」

振り向いて、女は言った。

「もうモノレールはないわよ。大尉さん」


隣に、女が寝ていた。

気がつくと私はシーツの中にいた。足を伸ばすと、冷たい感じがした。

起き上がろうと上体を持ち上げかけると、少し胸が苦しかった。

「悪酔いか……」

「目が覚めた？」

女がかすれた声で言った。

暗がりの中で、裸の白い胸が見えた。自分も裸なのだと気づいた。

「俺《おれ》……どのくらい眠ってた」

「たいして寝てないわ。二時間くらい」

灯《あか》りのない室内を見回した。

ここは——そうだ。官庁街の歩道で待っていた女の部屋。中央庁舎から歩いてほど近い高級アパートメントの一室。そういうことか……。

窓の外は蒼黒《あおぐろ》い闇《やみ》だ。私は手首の時刻を見た。明るくなるには――巨大なミラーが少しずつ角度を変えてこの世界を朝にするまでは――少し間があった。

あれから、この部屋へ誘われて、ブランデーを少し呑んだ。地球産のレミーはよく回って、疲れからすぐに眠り込んでしまった――いや、そのあたりはよく覚えていない。

「興ざめ」

「え」

「寝ながら女の子の名前を呼んでた。うわごとみたいに」

「俺が？」

私は自分の顔を指さした。

「そうよ。あたし興ざめ」

女は含み笑いして、ベッドサイドからリフレシガーを取った。私にも差し出した。

「吸わないんだ」

「そう」

カチッ、と加熱器の火がついて、女の顔が下からほのかに照らされた。

「夢で、地球のいい想い出《おもいで》でも見てた？」

煙を吐きながら女は訊《き》いた。

「俺には――いい想い出なんかないよ」

私は頭を振ると、仰向《あおむ》けに寝転がって天井を見た。大きなダブルベッドだった。豪華な調度の一室で、地球の高級ホテルのようだ。監獄に毛の生えた程度の私のコンパートメントとは、比べようもない。

「地球に、想い出なんか」

「そう」

女はシーツの中で立て膝《ひざ》になって、リフレシガーをはさんだ手で頬杖《ほおづえ》をついた。

「でも、あなたはパイロットに――宇宙飛行士になったんでしょう。自分の目標を持って、成功したのに。こうして実力で宇宙都市へ来れるくらいうまく行ったのに、どうして地球にいい想い出がないの」

「俺は、実力で宇宙飛行士にはなれなかったんだ。ドロップアウトして、色々あっておちこんで、巡りめぐっていつの間にかこの境遇だ」

私は枕《まくら》の上で両腕を頭の後ろに回し、息をついた。

「パイロットにだって、本当はなれたかどうか……」

「そう」

女は煙を吐いて、細いメンソールを陶器の灰皿でつぶした。

「おちこんでた原因って――うわごとでつぶやいてた子?」

「……」

「フフ」

「そういえば、まだ教えてもらってない」

「何を」

「君のことだ。君は、誰なんだ」

「あたしが誰だか、わからない？」

「わからないから訊いてるんだ。君は、何をしているんだ」

「何をって」

「仕事さ」

「何もしてないわ」

「不思議な人だな。ぶらぶらしている身でこんな贅沢《ぜいたく》な部屋に住んで、かといって上流の人間にも見えない」

「悪かったわね」

彼女はベッドの上で伸びをした。

「いいわ。話してあげる」

窓の外が、濃いインクブルーに変わり始めた。

ソバージュの髪の女はベッドの中で私の方に向き直ると、顔半分を毛布で隠して上目づかいに見上げるような眼をした。

「四年前――地球が駄目になって、ここへ逃げて来るとき――ほら、あなたも偉い人たちたくさん乗せたんでしょう。その家族も」

女は鼻にかかった声で訊いた。かすれた声は、地ではない気がした。

「ああ。カーゴベイの中までは見なかったけど」

「そういう偉い人たちの中にはね、何と、地球を脱出するときに奥さんとか自分の家族とかみんな捨てちゃって、愛人と二人で逃げて来た政治家なんかもいたわけ」

「なんだって」

「その一人が、あたしの旦那《だんな》」

毛布に顔を半分埋《うず》め、女はマニキュアの指をそろえて顔を毛布の上から挟みつけるようにした。細い眉を上げ、私を見上げた。

「驚いた?」

「ふん」

私は鼻を鳴らした。

「そういうことも、あるだろうな。俺は驚かないよ。あのＢＭＷを見てからは――その手の話には驚かないことにしたんだ」

「ＢＭＷ？」

「こっちの話だ」

「ふうん――ね、でもね、とんでもないやつがいたものよね」

彼女は毛布から顔を出し、仰向けに寝そべった。天井を見つめた。

「でもね。去年死んじゃったんだ、心筋梗塞《こうそく》で……。まともな医者がいないじゃない？　この宇宙都市。旦那に死なれた政治家の愛人なんて惨めなものよ。旦那というバックボーンが元気なうちはいいけどさ。いなくなったら、もともと良く思われてないじゃない？　上流社会からも社交界からも総スカン。当たり前だけどね。この部屋からも追い出されそうになった。今じゃ旦那の友達頼って、使い走りや、いろんなことやって暮らしている。あなたを〈六本木〉へ捜しに行ったのも仕事。つけたのも」

「――」

「あきれた？」

「いや。逞《たくま》しいんだな」

「無理に言ってくれなくていいよ」

「――」

少し沈黙があった。

私は彼女と並んで、天井を見上げていた。

少しかすれた声で話す女――年齢は私と同じか、それとも少し上だろうか……。

考えると不思議だった。私は何となく自然に誘われるまま、この部屋へ来てしまった。見ず知らずの他人ではないような気がしたのだ。でも過去に地球のどこかで逢ったことがあるのかといえば、そんな記憶はない。

「ねぇ、彼女いないの」

女は天井を見つめたまま言った。

「いない」

「ずうっと――一人だったの？　宇宙都市に来て」

「……」

「どうして。もてないわけじゃないんでしょ。宇宙軍にも女の人はいる」

「その気になれなかっただけだ」

「どうして」

「――」

「想い出とかのせい？」

私が黙っていると、女はつぶやくように言った。

「そっか……。そんなに好きだったんだ、笙子《しょうこ》のこと」

「えっ？」

驚いて横を見ると、彼女は自分の顔を指さした。

「ねぇ美島君、まだ思い出さない？　あたしのこと」

「君のこと……って」

「あたし、上条友里絵《かみじょうゆりえ》」

「──え」

「高校二年のとき、同じクラスだったじゃない」

「か……」

私は次の瞬間、シーツから跳ね起きると、隣に裸で寝ている女の肩の鎖骨から頭のてっぺんまでを見た。

「か、上条友里絵──⁉　あの、成績よくて委員とかボランティアとか一杯やっていた、あの……」

「そうよ」

「嘘《うそ》だろ」

「本当よ。ほらあの頃《ころ》、美島君は水泳部でさ、秋は練習が暇だからって、生徒会の会報の作成とか手伝ってくれたじゃない」

「──」

私は絶句していた。

「信じられない。印象……変わったな」

「女が十年生きてれば、変わるよ」

「背だって」

「ハイヒール履けば高くなるわよ」

もう、十年以上も昔になるのか。

高校時代に同じクラスにいた女子生徒――上条友里絵を名乗った女は「フフ」とおかしそうに笑った。

「おかしい。そんなにびっくりした」

「俺――君と寝ちまったのか……⁉」

「女に慣れてないのね。修業が足りないね」

「なんて――こった……」

私は目をつぶった。そのままシーツの上にひっくり返った。

仰向けになって目を閉じていると、まぶたの裏に何かが浮かんで、揺れた。

青い揺らめき。

何だ。

また、あの頃の記憶か――

想い出したくもないのに。

目を閉じたまま、息をついた。

塩素の匂《にお》いがした。

ブルーの水面が揺れている。

競泳用プールの水面だ。

屋内のプールに、わぁああん、と湿った暖かい空気が反響している。

ホイッスルの音。

耳の奥に音が蘇《よみがえ》った。チームメイトの声、飛び込む音。手足が水を打つ音――クイックターンで回転しながら壁を蹴《け》るときに、水しぶきがプールの縁《ふち》を飛び越す音……。

「ねえ」

一〇〇メートルのクロールを四本泳ぎ切って、プールの固いタイルに手を掛けて上がろうとすると、目の前に爪先《つまさき》をそろえて立つ裸足《はだし》の脚があった。

「ねえ美島君、頼みがあるんだけど」

「――？」

ゴーグルを額に上げ、プールサイドに上がると、私の裸の胸から飛び散った水滴で制服のスカートを濡《ぬ》らした女子生徒は「きゃ」と小さく飛びのいた。飛びのきながら、ショートカットの女子生徒は私を見て「ねえ、頼みがあるの」と言った。

「何だ、上条──水泳部に入ったのか」

「違うよ、ここへ入るなら、ソックスまで脱げって言われたから」

立ち上がって歩くと、上条友里絵は、私の鼻先に白い額が来る背丈だった。

確かこの子は、テニス部だったか弓道部だったか──体育館の反対側の別館校舎の方で練習しているクラブに入っていたはずだ。

「上条、弓道だったっけ？」

「違うよ、あたしはブラスバンド。今日は練習、抜けて来た。生徒会の役員会だから」

「ああ、そうか」

ブラスバンドの器楽演奏室も、確か別館にあった。

私はベンチまで歩き、タオルを取った。首に掛け、ダンベルを一つ取り上げると、右腕の筋力を確かめるように軽く上げ下げした。その私の横で上条友里絵は言った。

「ねえ美島君。会報の作成、手伝ってくれない？」

「え」

「手が足りなくてさ」

「何で」俺に？　と手を止めて自分を指さしかけると、

「秋の市の大会がないの、水泳部だけでしょ。しばらく手伝ってよ」

「そりゃ……」

「ブラスバンド、すぐ県のコンクールだし、秋の文化祭の公演もあるし、忙しいの」

「そんな忙しいんなら、最初から……」

「生徒会の委員なんて、誰もなりたがらないんだもん。このままじゃ決まらないから、しようがないからって手を上げちゃったのよ。誰かがやらないといけないでしょ」

「そんなこと言って、夏にも確か何かのボランティア引き受けてなかった？」

「いいから。そんなに忙しくないんでしょ」

ショートカットの女子生徒は、私に向き直ると、細い眉を上げてまっすぐに見た。

「そりゃ……」

「じゃ、決まりね。器楽演奏室の隣だから。委員会の部屋」

明日から来てね、と言い残すと上条友里絵は後ろ姿を見せ、タイルの上を小走りに遠ざかって行った。制服のスカートの裾《すそ》と、裸足の踵《かかと》がプールの水で濡れていた。

7

ベッドを降りた裸足の女の脚が、絨緞《じゅうたん》を踏んで冷蔵庫へ歩いて行く。

それを私は、寝そべったまま眺めていた。膝の裏のくぼみ、ふくらはぎ、裸足の踵。

「ねぇ、何か飲む？」

「いい」

女は冷蔵庫を開けると、ミネラルウォーターの栓を開けた。長いソバージュをかき上げ、こちらに裸の背を向けて、瓶から直接口にふくんだ。

ふぅ、と息をつくと、彼女はサイドテーブルに瓶を載せて、背中を向けたまま
「あたし……うらやましい」

「何が」

「笙子が、うらやましい」

「どうして。もうこの世には」

「だって笙子、あなたの中で十七のままいつまでもきれいで、あたしは……汚れていくばっかり」

「――」

――『なぁ美島、お前は、帰りたくならないか』

「ねぇ美島君……帰りたくならない？」

「――」

「美島君」

「ん」

「帰りたくはならない？」

「いや」

「本当に？」

「――」

――『なぁ美島、お前は、帰りたくならないか』

『どこに』

『地球にいた頃《ころ》にさ』

「――そう言えば鮭缶《さけかん》」

「え」

「鮭缶……食いそこねた」

「何を言うかと思えば」

「深見が開けてくれたんだ。食いたかった。とってもいい匂いがした。地球の」

「海の匂い？」

「ああ」

「鮭か」

女はため息をついて、首を回した。

「そういえば。あたし大学へ入った年に、ボランティアをしたよ。鮭の」

「――鮭の？」

「聞きたい？」

「あ、あぁ」

すると、二十九歳の上条友里絵は、かすれた声で話し始めた。

「美島君、航空自衛隊だったよね。高校を出てすぐ」

「うん」

「あたしの入った大学とか、知らない」

「知らないよ」

「これでもあたし、結構いいところに入ったの」

友里絵は学校の名を言った。

本当に、いいところだった。

「入学した年の春にね。隅田川《すみだがわ》に鮭の稚魚を放流するのを手伝いませんか――っていうボランティアの誘いがあって、行ったの。『川がこれだけきれいになりました』っていうお役所のデモンストレーションよね。今考えると残酷なことする、あんな生活排水だらけの川に鮭の赤ちゃんをいっぱい放したのよ」

「――」

「四年たって、大学を出る年に、今度は帰って来る鮭を数えに行ったの。鮭、帰って来たと思う？」

「帰って来たのか」

「ちゃんと帰って来るの」

友里絵は私のそばに腰かけると、膝の上に頬杖をついた。

蒼い窓の外を見た。

「何で、帰って来るかなぁ……」

「――」

「北海道のきれいな川にでも、行けばいいのに」

友里絵は裸のまま、二本目の煙草をつけた。

「都のね」

「ん」

「水産研究所の人が、言ってた。『こいつらにとっては、ここが一番いいんだ。だから思い付きでこんな馬鹿なこと、本当はしちゃいけないんだ』——産卵しても、川底に旧世紀から溜《たま》り切った毒の泥の層があって、卵はほとんど死滅するんだって」

「——」

「あたしさ」

「?」

「でもあたし、何だか最近、その気持ちがわかる気がする」

「鮭の?」

「そうよ」

友里絵は、煙を吐いた。

「美島君。あたしさ、高校からはあの東京の近くの街だったけれど、あんまり学校でも言ったことないんだけれど、生まれてから中学二年まではずっと山形《やまがた》で育ったの。母親が離婚して——あたしは母親と二人で東京へ親戚《しんせき》を頼って出て来たの。ちょっと苦労だったよ。いろいろ親戚の人に世話になるから、優等生のいい子でいなくちゃいけなかったし——家でもわがまま言ったことないし、学校でも委員会とかボランティアとか、みんながやらないこと進んで引き受けたり……。したくないこともいっぱいしてた。でも、いつも明るくしてないといけないと思って、頑張って勉強もして、明るくしてた。大学も母親や親戚の人が喜ぶようないいところに入った。でもさ」

友里絵は視線を伏せて笑った。

「――駄目なのよ、あたし」

「何が、駄目なんだ」

「離婚母子家庭で、山形で父親が破産して横領の嫌疑かけられて係争中だったりすると、あたしがいくら努力していい子で成績優秀で、どんなにいい大学を〈優〉いっぱい取って卒業しても、就職がないの」

「……」

「上場企業の役員面接まで進んで、入社の書類を書いた後でも、いちばん最後の興信所の身上調査でわかると、駄目にされるの。どこの会社でも団体でも、そうだった。日本の社会に差別はありませんなんて国は言うけど、実際はそうなの。あたし自身がいくら努力しても、頑張っても……。悔しかったよ、『お前なんかいらない』『お前なんかこの世に生きていなくていいんだ』そんなふうに言われてるみたいだったよ」

「……そうか」

「それで、水商売に入ったの。そうしたらあたし、銀座《ぎんざ》で売れたの。銀座のあるクラブでホステスしてた。企業の偉い人なんかが来る店だと、店の女の子も政治や経済のことがわからないと駄目なの。いろんな話が出来て、よく気がつくいい子だって評判になって――お客さんに合わせてお酒呑んでカラオケ歌って、喉《のど》をつぶしちゃったわ。それである代議士の先生に気にいられてマンションとか買ってもらって……。それがうちの旦那」

「そうか」

「笑っちゃうの。放射能で地球が駄目になるとわかって、鹿児島《かごしま》からスペースシャトルで上がる時にね、あたし窓の下の日本に向かって心の中で思わず『ざまあみろ』って言っちゃった。昔は優等生で、ボランティアとかして、いい子だったのにね。人生どうなるかわからないね」

でもさ、とつぶやきながら友里絵は煙草を振り、吸い込んだ。

「あたし、帰りたい……子供の頃過ごした山形」

「山形？」

「うん」

ふうっと煙を吐いた。友里絵は、紫色の煙の漂う先を見つめた。

「あたし疲れた……もう疲れちゃった。帰りたいなぁ、山形。ちっともいいところじゃなかったけど、お母さんもお父さんも喧嘩《けんか》ばかりして、ちっともいいところじゃなかったけれど——でも懐かしくて仕方ないよ」

「山形は、もう無い。放射能の大気の底だ」

「わかってるけど……」

友里絵はメンソールをくわえたまま、煙そうに笑った。

「ねぇ――生き物って、哀《かな》しいね。人間も鮭も似たようなものね」

8

第二ドックには、昼前に出頭した。

殺気立った空気だ。

響き渡る金属音。

最小限の身辺の荷物を携えた私は、いつもの倍の人員で出発整備作業の行われる白いボーイング8707の傍らに立っていた。

整備は、昨夜から夜を徹して行われているようだった。ドックには、他に二隻の8707が入港していたが、そちらの方は可哀想《かわいそう》にほったらかされていた。

床にザックを置くと、耐熱タイルのチェックが入念に行われる白い船体を見上げた。

「――」

ボーイング8707Rは、資源探査能力を付加された8707スペースプレーンの最終型だ。通常は、月往還船にコアシャトルとして組み込まれているが、今日は違っていた。

サービスモジュールの後方に接続されていた、巨大な蜂《はち》の巣を思わせるイオンエンジンブロックはすでに切り離され、代わって化学ロケット・ブースター四基と推進剤タンクが装着されている。

月への飛行では取り外されている、船体下面の水素スクラムジェット四発と、低速域スーパーターボファン四発が再装備され、コネクタケーブルが何本も伸びて制御系統のテストが行われていた。船体の向こう側では液化水素燃料が早くも注入を開始されていた。

「ミシマ」

呼ぶ声に振り向くと。

青い目の飛行士が手を振っている。白人としては細身の、小柄な六十代の男。

ひどく懐かしい風貌《ふうぼう》だった。

「スチューバー大佐？」

「ひさしぶりじゃないか。元気か」

「大佐こそ」

私は、宇宙船整備デッキの上で、初老の飛行士と握手を交わした。初老の白人は、大佐といっても軍組織での役職は何も持っていない。根っからの〈飛び屋〉で、私のかつての師匠だ。

「腕のいい船長になったそうじゃないか、ミシマ。私も嬉《うれ》しいぞ」

「ありがとうございます。でも面目ないことに、この間船を失いました」

「クルーを一人も死なせなかったそうだな。教えた甲斐《かい》があった」

四年前。

私は〈脱出〉ミッションにおいて、彼の副操縦士として旧式のコロンビア型スペースシャトルを飛ばした。地表と中高度衛星軌道の間を、十二回も往復したのだ。超音速機の経験といえば、これもまた旧式のＦ２ＢとＦ15Ｊを合計たったの八五時間、あとは救難ヘリや小型機の経験しかなかった私を、一人前の宇宙飛行士に叩《たた》きあげてくれたのは彼だった。今でも頭が上がらない。

スチューバーが相変わらず軍服にネクタイをしていないのを見て、嬉しくなった。

「大佐、軍規違反ですよ」

「階級章とネクタイは嫌いだ」

「変わりませんね」

「文句を言うやつはおらんよ。『違反？　じゃ、船を降りようか』これでみんな黙る」

「あなたの制服嫌いのおかげで、一緒に歩く僕はいつもびくびくしてた」

私たちは笑った。

あの戦火の中で、私にとって唯一幸運だったのは。宇宙軍で随一の腕をもつベテラン飛行士に教えを受けられたことだ。私が最年少で船長になれたのも、彼のおかげだと思う。

「ミシマ、また一緒に仕事をすることになったぞ」

「一緒に？」

「牽引母船の船長は私だ。君のこのRタイプを低高度軌道まで曳《ひ》いていく。着くまではせいぜい、のんびりするといい。下は大変そうだからな」

「それはどうも」

実際は、母船内のシミュレーターを使い、大気圏再突入の操縦訓練をくり返しやらなくてはならない。副操縦士に誰がつくのか知らなかったが、四年ぶりに大気の中へ降りるのなら、慣熟訓練はやり過ぎるということはない。

「私はプリフライトチェックで一足先に船へ戻る。向こうで会おう」

「はい大佐」

「大佐はよせ。リチャードでいい。ああそれからなミシマ」

「？」

「地球へ到着するのが、予定よりも少し遅くなりそうだ。途中でもう一隻、拾っていくことになった」

「もう一隻？　スペースプレーンをですか」

「〈ニューヨーク・セカンド〉へ――ＢＨ一一三九へ立ち寄って、８７０７をもう一隻収容する。実はなミシマ、ニューヨークへ降りた合衆国の探査隊が、連絡を絶った。つい二時間前のことだ」

「え――」

「原因はまったくわからん。昨日までは正常な調査報告が届いていたのに、今朝になってぷっつりそれが途絶えた。ＢＨ一一三九からいくら呼んでも応答がない。合衆国臨時行政府も、急きょ救助隊の派遣を決定したというわけだ」

「──ニューヨークでも……？」

同じことが……？

「人間、捨て去った過去をむやみにほじくり返すと、ろくなことにならん。もうあの星は、住めやしないんだ。あの星は人間の大失敗のツケをもろにひっかぶって、墓場になっちまった。墓場はつついてはいかん。そうっとしておくもんだ。なぁミシマ」

「は」

「お前、調査とかはどうでもいいから、危なくなったらすぐ上がって来いよ。何か身の危険を感じたらためらわずにすぐ離昇しろ。軌道上まで逃げて来れば、俺が拾ってやる。命あっての物種だぞ」

スチューバーと別れてから、私はドックに付属する宇宙軍のオペレーション・センターへ出向いた。今回の探査行を共にするクルーが集合するはずだった。

入口の両開きドアを押したとき、入れ違いに出て来た若い娘とぶつかった。仕立てのいい麻のパンツにジャケットを引っかけた、細身の娘だ。娘はぶつかった私に詫《わ》びも言わず、飛び出して行った。髪をなびかせ、ドックの低重力の中をそのままスペースプレーンの並ぶフィールドの方へ流れて行った。

「何だ、あの女——うわっ」

今度は長身の若い男が飛び出して来た。

「真梨奈《まりな》！　おい待て、真梨奈」

「こら、おい」

私が呼び止める間もなく、青年は娘を追って浮くように走って行った。時々手足をばたばたさせた。ドックレベルは〇・六Gだ。『都市』の低重力区画に慣れていないと、あのような走り方になる。

（何だ——あいつ）

私はあっけにとられて成り行きを見た。私より若そうなその青年が着ていたのは、青い宇宙軍の船内服だった。

見学者か——それとも飛行士？

まさかな。

私は、あんな飛行士を見たことがない。第一、パイロットの顔をしていない。ちまたにいくらでもいる大学生の顔だ。

青年は五〇メートルほど流れて追いつくと、娘をつかまえて向き合った。フィールドの真ん中で二人は口論を始めた。

「そうなの、どうしても行くって言うのね。もういいわよ、わかったわよ！」

美人だがわがままそうな娘は、激しい声だった。それをなだめる青年の声は柔らかいので聞こえて来ない。

「忘れられないなら行けばいいのよ。行って帰って来なければいいわ！　あなたなんかいなくたっていい、ユウジだってショウだっているんだからあたし寂しくないわ」

長身の青年はなおも屈《かが》み込むようにして、娘をなだめようとしたが、娘の剣幕にはかなわないようだった。

「もう知らない、さよならっ」

娘は、青年の手を振りほどいてドックの出口へ飛び去って行った。青年はなすすべなく見送ると、やがてこちらへとぼとぼと戻って来た。

オペレーション・センターの入口まで来て、腕組みして見ている私に気づいた。

「あ」

何が「あ」だ。

「あ、あのう、美島大尉でいらっしゃいますか」

青年は私の胸のＩＤカードをおそるおそる覗き込んで言った。ハンサムだが、気の優しそうな男だった。

「そうだが。君はどこの所属だ。見ない顔だな」

「初めてお目にかかります。わたくしは、先日連合国宇宙軍航空学校を修了し、今回の地球探査ミッションであなたの副操縦士をつとめます、朝堂俊雅《ちょうどうとしまさ》少尉です」

青年は一夜漬けで覚えて来たような敬礼をした。

「よ、よろしくお願いいたします」

「朝堂——少尉、だと？」

「はい。朝日の朝に法隆寺観音堂《ほうりゅうじかんのんどう》の……」

何だ。

何と口にした。

副操縦士……!?

いったい、何なんだこいつは。

私は数秒間、言葉も出なかったが、次の瞬間我に返ると踵《きびす》を返し駆け出していた。

「あ、大尉——」

驚く青年に、

「君はブリーフィングルームへ行ってろ。俺もすぐ行くから。いいな」

振り向いて言い残し、私はオペレーション・センターの階段を、月面跳びで駆け上がった。

「司令！」

ほとんど階段に足をつけずに五階まで駆け上がると、私は〈ＡＩＲＢＡＳＥ　ＣＯＭＭＡＮＤＥＲ〉と書かれたドアを蹴破るように開けていた。

「どういうことです司令。あれはいったい、何なんです⁉」

「やぁ美島大尉」

ＢＨ一一四〇――つまり〈新東京〉の宇宙港の責任者であり、私の直属上司でもある楠《くすのき》大佐が、窓を背にして座っていた。

「今日は特別任務だそうだな。ご苦労さん」

「とぼけないでください」

「まあそう怒るな」

楠はデスクから立ち上がった。

楠の背の後ろには、急ピッチで出発整備の続く白い８７０７Ｒの船体が見えていた。母船との接続準備のため、船台の油圧リフトにパワーが入れられて黄色い回転灯が点滅し始めた。ブザーの響きは、防音ガラスのために聞こえない。

「君の言いたいことはわかる。あの朝堂少尉のことだろう」

「わかっておられるなら話が早い。船長資格を持ったベテランに替えてください、今すぐに」

「今回の任務は司令、お聞きおよびでしょうが大気圏再――」

「私に怒鳴っても筋違いだ、大尉」

楠はさえぎった。困った顔をしてみせた。

「遭難した第一次探査隊のことも含めて、今回の一連の探査ミッションには私は全然タッチしておらん。させてくれんのだ。蚊帳《かや》の外に置かれてしまってな。もともと地表探査のことを企画したのは宇宙軍ではなく、日本臨時行政府の上層部だ。君も岩国参議官――あのもと防衛大臣のところへじきじきに呼ばれたんだろ」

「昨夜、査察班に無理やり引っ立てられました」

「今回の一連のことには、ずいぶん上からの無理が通っている気がするな。あの朝堂少尉にしたって、彼を『副操縦士にしろ』と、上からの御達しで一方的に言って来た。まったく、物資輸送でただでさえ忙しいところへまた一隻船を都合しろと言われて、見ろ、あのR型を地表降下用に整備するために他の船は昨夜から手つかずだ。今朝月へ出るはずだった便も、出発の見通しが立たない。整備のマンパワーを全部食われているんだ。宇宙軍にとってもいい迷惑だよ。地球なんか見に行ってどうするんだ。墓参りツアーでも企画しようって言うのか。そんなことをしている余裕が、どこにあるんだ」

上流階級に〈ホームシック〉が増えている――深見の言葉がちらと頭をかすめた。

「それは出来んよ」

「とにかくメンバーを替えてください」私は主張した。「船長資格者が無理なら、鈴木《すずき》でも浅見《あさみ》でも、ウィルクスでもいい、誰か使える副操縦士に――」

「済まんがそれは出来んのだ、美島大尉」

「なぜです⁉」

「『朝堂をメンバーに加えよ』というのは、かなり上からの――おそらくは行政府長官に近いところからのオーダーらしい。私の権限ではどうにもならん」

「行政府長官――総理から？」

朝堂家……。

そうか。

この『都市』に暮らせば、嫌でも上流世界には多少なりとも詳しくなる。朝堂という珍しい名字は、そう言えば聞いたことがある。由緒ある家系らしい。政治力もあるのだろう。

他のクルーは決められてしまった、という岩国参議官の声を思い出す。

「しかし、だからと言って私は船長です。乗員の生命と船を護《まも》る責任がある。どんな政府筋からのオーダーか知らないが、適格でない者を乗せて行くつもりはない」

宇宙は冬山と同じだ。

いや、それ以上の厳しさだ――そう樋口は言った。私は短い救難飛行隊時代、冬の立山《たてやま》山系へUH60J救難ヘリで入って行って、一度だけ死にかけたことがある。

「それがな美島」

楠大佐は、済まなそうな声を出した。

ベテランの副操縦士を追加編成として乗せてやりたかったのだが、飛行士がおらんのだ。みんな月へ出払ってしまった。樋口が遭難し、お前が外れて、我々の人的戦力はこの一か月で二セットクルー減少した。コアシャトルも三隻、ラインから外れた。その穴を埋めるために休んでいる暇がないのだ。上からのさしがねとは関係なく、本当にあの坊ちゃんしかいないんだ。今日一杯はな」

「なんてことだ……」

私は頭を抱えたくなった。

「それで、あの朝堂少尉とやらの、飛行経験はどのくらいなんです。あいつ、大気圏再突入やったことあるんですか」

「ファイルによれば、実飛行時間は三六時間だ。それにシミュレーターが二〇〇時間。大気圏再突入なんて、やったことあるわけないだろ。この宇宙都市に来た時には、まだ大学生だったんだから」

「三六……そんな人間がなぜ好きこのんで、危険な地表探査ミッションになんか、行こうとするんです」

「私にも皆目わからん」

楠は肩をすくめた。

「本人に訊いてくれ」

第一次探査隊の船の生命維持装置――放射能ろ過循環システムは、あとおよそ九〇時間しかもたない。まともな替えの副操縦士の手配がつくまで、のんびり待っている暇はなかった。

時間はない。

私は司令室を辞すると、エアロックレベルにあるブリーフィングルームへ上がるために、廊下を急いだ。

センターシャフト・エレベーターの前まで来ると、宇宙港の場には似つかわしくない中年婦人が私を待っていた。

「美島大尉さんでいらっしゃいますね」

「は？」

「こちらにいらっしゃるとお聞きしたので、ご挨拶《あいさつ》にうかがったんですのよ」

品の良い婦人は、気密エレベーターの扉の前で丁寧にお辞儀をした。喪服のように黒い簡素な――ただし生地はかなり良さそうな――服装だった。小柄で細く、皺《しわ》はあっても肌は赤ん坊のように白くてきれいだった。若い頃はさぞかし美人だっただろう。

「朝堂俊雅の母でございます」

「はぁ」

朝堂少尉の母親——？

私は、あらためてその婦人を見た。婦人は、人を疑うということを知らぬような無邪気そうな笑顔で私を見上げていた。

「このたびは息子の俊雅が、地球の探査隊に加えていただくことになりまして。あの子はまだまだ未熟ものですので、いろいろと大尉さんにご迷惑をおかけすると思いますけれど、どうぞよろしくご指導くださいね」

「あ……あぁ、あの、お母さん」

面食らった。

何か言おうとしたが、胸につかえて出て来ず、私は言葉の選択に窮した。

婦人が私を見上げて、にこにこ笑っている。天真爛漫《てんしんらんまん》とはこういう人を言うのか。後ろめたさの一つもない笑顔だった。つまり自分が何か人に迷惑をかけているのではないだろうか、とは考えつきもしないし、自分を責めて来る人間などこの世には存在しないと信じきっている顔だった。彼女の五十何年かの人生では、そんなことを気に病む必要がまったくなかったのか——

(——ちくしょう、どう言ったら)

あんたの息子は役立たずだから降ろせ、連れて帰れという台詞が、その笑顔の前では、どうしても出て来そうにない。それが人間の仕組みでもあるかのように、私はその確信に満ちたにこにこ顔に逆らうことが出来ない。

「あの、お母さん」どうにか、口を開いた。「今回の探査行は、とても危険な任務です。あなたを心配させたくて言うのではありませんが——その、生きて帰れる保証もありません。俊雅君は——朝堂少尉は、なぜこんな危険な任務に志願して来たのですか？　危険な仕事は、ベテランに任せておけばいいのです」

いったいどうしてあんたは権力のゴリ押しであんな新米を無理やり乗せるようにしたんだ、みんなの命にかかわるってことがわからないのか、と言う代わりに私はなるべく柔らかい表現で婦人を問いただした。

「わたしもねぇ、危ないからお止《よ》しって止めたんですのよ。でもあの子ったら『僕はどうしても地球の探険に行くんだ』って聞かなくて……。『僕が宇宙飛行士になったのもそのためなんだ』って言い張るんですのよ。ああやっておとなしそうでも、昔から言い出したら聞かない子で。仕方ないってうちの主人が、竹中《たけなか》さんにお願いしてメンバーに加えていただいたんですの」

竹中——もと首相の行政府長官のことか。

婦人は表現力豊かに話し続けた。

「俊雅は次男なんですよ。でもね、長男よりもしっかりしているって、主人も内心後継者にしようと考えていたらしいのですが。それがねぇ、何を血迷ったか宇宙都市に来てから急に『飛行士になる』とか言い出して――とんでもないわ、あなた経営学部でしょう、塾高の頃から将来経営者になるって言ってたじゃないのって言い聞かせてもぜんぜん聞かなくて。もう少し、長男がしっかりしていてくれたら良かったんですけどねぇ。いえ長男の方はね、医学部に入ったのはいいんですけれど、勉強しないものですから卒業出来なくて、国家試験に何べんもおちて。あなたどうするの、ちゃんとしなさいって言ったら、『どうせ会社は俊雅が継ぐんだろ』ってふてくされてるんですのよ。お酒は呑むわマンションに素姓の知れない女の子を引っ張り込むわで、このままじゃどうなるのかしらと心配していたら、この宇宙都市に移って来る時にも危うく選に漏れかけて。あの時もあわてて竹中さんにお願いして、やっと移住リストに加えていただいたんですのよ。本当に一時はどうなることかと。

だってねぇ大尉さん、一家そろって逃げて来れなければ、意味がないじゃありませんの。それを、長男だけは役立たずだから駄目だなんて、人権無視もはなはだしいわ。まったく人間を何だと思っているのかしら」

センターシャフト・エレベーターが降りて来て、気密扉を左右に開いた。

「あの、お母さん」

私はさえぎった。

「出発の準備がありますので、これで失礼します」

「ああそう、ああすみませんね。わたししゃべり出すと止まらなくて。本当に相すみません」

婦人は丁寧に、深々とお辞儀をした。

私はやって来たエレベーターの扉を閉めた。婦人は扉が閉じ切るまで、「俊雅をどうかよろしくお願いしますね」と言いながら頭を下げていた。

気密エレベーターは、『都市』の中心軸にあるオープンポート・ブロックへ向けて上昇を始めた。

「く」

私はエレベーターの中で、壁を蹴りかけて、やめた。

半分は自分へのいらだちだった。

重力がさらに軽くなっていく箱の中で、ため息をついた。

「……怒っても、仕方ない……」

放射能で死んで行った肉親、友人、全部思い出していたらおかしくなる。

避難用の『都市』が建造されていたことさえ、多くの一般市民は知らなかった。並みの県会議員クラスでは、移住候補者の考課リストにも載ることが出来なかったという。

「──息子思いの母親、か」

人権無視もはなはだしい──？

いや、怒っても仕方がない……そう自分に、言い聞かせるようとした時。

胸ポケットで携帯が振動した。

「はい」

『美島大尉。こちらはポート運航管理室です』

呼んできたのは、なじみの運航管理士官だ。

『本日は特別任務お疲れ様です。使用予定のR型は、母船〈クレセント・シティー〉へ接続完了。三〇分後に出港予定です。指揮下に入る機関士一名、船外作業技術者二名もただいま出頭しました』

「わかった。機関士は誰だ」

『菊地《きくち》中尉です。船外技術者はJAXA派遣の勝又《かつまた》、小梁《こばり》』

「みんな一応ベテランだな。ほっとした」

『美島大尉。余計な心配かも知れませんが──』

「何だ、早見《はやみ》」

『東京じゅうを捜索するのに、たった五名のクルーですか』

「帰りに十名、よけいに載せて上がるんだ。重量がギリギリなんだよ。仕方ない」

『そうですか。では、くれぐれもご無事で』

「ああ、ちょっと早見」

『はい』

「出頭した機関士とMS二名は、直接母船の方へ向かわせてくれ。俺は、副操縦士とパイロット・ブリーフィングルームで少し打ち合わせてから行く」

『了解です』

私は思いついて、上昇するエレベーターを途中の階で止めた。ブリーフィングルームへ行く前に、私物ロッカーへ寄ろうと思った。

『検疫レベルです』

ドアが開くと、電子音声が告げた。

オープンポート・ブロックからわずか三階層下のここでは、〇・三Gの重力しかない。ロッカールームへ行くため、壁のムービング・ハンドレールにつかまり白い通廊を流れて行くと。検疫センターの総務部の前で、見覚えのある長身と出くわした。

向こうも同時に気づいた。

「美島」

「お前か」

会いたくないやつだった。

「災難だったな。美島」

淵上武彦《たけひこ》。

私と同い年のキャリア官僚は、黒いスーツ姿だ。唇の端をキュッとひきつらせた。冷笑なのか、一応こいつなりの愛想なのか――

「救助隊の指揮を取らされて、おまけに朝堂の坊やのお守りか」

私は話などしたくなかった。

「財務省の役人が、検疫ブロックなんかに何の用だ」

「いずれ外惑星の開発が始まる。そうすればここは、拡充しなければならない。今、予算の検案書を作っている」

「外惑星開発――？」

「そうだ」

「淵上、お前は十年前、俺に何と言ったか覚えているか」

「さてな」

「忘れたのなら教えてやる。昨夜の岩国参議官と似たようなことを、お前は俺に言ったんだ」

笙子の前で――そうつけ加えそうになってやめた。こいつの目の前で、その名など口に出したくもない。いらだちが胸を高ぶらせた。

――『こんな非常時だというのに「外惑星の開発をやれ」などと、夢みたいなたわごとを口にする者も少数おるようだが』

「月からの輸送以外に回す宇宙船なんか、宇宙軍にはない」

「何とかするさ」

「お前に宇宙のことがわかるのか」

「お前に政治のことがわかるのか」

睨《にら》み合う。

「宇宙に来てまで、馬鹿みたいな公共事業をやるというのか。小型のセスナも飛ばせないような素人は、事務机でおとなしく金の計算をしていればいい」

「間違えるな美島。『都市』を運営しているのは飛行士じゃない。財務省だ」

「何だと」

「この世界を存立させているのは、財務省だ。飛行士でも政治家でもない。いいか。近代以来、日本の国体の基盤を築き、民族を導いて来たのは財務省すなわち大蔵省だ。人類の未来は、俺が決めなければ決まらない」

淵上武彦は、きっぱりと言った。

「政治家どもには、人類全体の将来を見据えた舵取りなど出来ない。大政奉還からこっち、日本の舵取《かじと》りをして来たのは俺たちだ。日本で最高の頭脳を結集した大蔵省のキャリア官僚だ。俺たち以上の集団などこの世にない。政治家などただの飾りだ。代議士連中は俺たちの考えた予算や法案を通すために、俺たちが使っているのだ」

「役人が政治家を使っているだと？」

「あいつらは、選挙に通らなければただのサル山のボスザルだ。民衆をだまして当選することしか考えていない。あいつらに国の、民族の行く末など考えられるものか。あいつらに出来るのは、正直な市民をたぶらかすことだけだ。実際に国を動かしているのは俺たちだ」

「淵上、お前は十年前に俺のことを『夢みたいなたわごとを口にするやつ』とか言ったが、今その台詞をそっくり返してやる」

「大言壮語ではない。これが現実だ。お前は昔から現実を見ようとしない」

私はムッと来た。

「見えているさ。外を見ろ、摂氏《せっし》マイナス二七〇度、無重力の暗闇が無限に広がっている。それが現実だ」

「見えてない。美島、お前は自分の今の境遇がわかっているのか？　お前ははめられたんだ。お前に事故の責任が無いことなど承知の上で、調査委員会にお前をわざと処分させたのは、あの岩国のじじいだぞ」

「――」

「名誉回復させてやる、か。よくもしゃあしゃあと言う、あのタヌキじじい。地球へ降りるのをやめにするか美島？　俺は別に、お前を死なせるつもりで第二次探査隊の特別予算を通したんじゃない。手を回し、交代させてやってもいい。これでも冷血漢ではないつもりだ」

「関係ない。同僚が遭難した。助けに行くのが飛行士だ」

私はかつての同級生に背を向けた。ハンドレールを摑《つか》み、白い通廊を奥へ向かった。

「美島」

私の背中に、淵上は言った。

「そういう素直なやつが、いちばんコントロールしやすいんだ」

私は、検疫ブロックの奥にある飛行士専用ロッカールームに入ると、自分の私物カプセルを指紋認証で開いた。しばらく開けていなかったカプセルの扉は、音を立てて跳び出すように開いた。中をかき回し、防磁ケースに封じ込めていたパーソナルノート用メモリを数本、選び出した。ついでに紙製ノートのバインダーも一冊取り出した。

「〈大気圏再突入・引力圏離脱〉――と」

地球への飛行に関する資料は、ふだんは使わないので、ここにしまってあった。

飛行の軌跡を描いて、飛び方のノウハウを研究するには、やはり紙と鉛筆の方がいい。

空白の初級課程の頃から、紙製ノートにはずいぶん世話になった。昔からのバインダーノートも、私は大事に取っていた。四冊のノートは背表紙にT7、T4、F15、UH60と機種名が記してある。かつて新しい機種に進むたびに、自分で作った研究ノートだ。

私はふと、F15と背表紙にある一冊を抜き出し、手に取った。

裏表紙を、開いてみた。

――『これ、返しておこうと思って』

バインダーノートのプラスチックの裏表紙に、変色しかけた古い紙が入っている。一度くしゃくしゃに丸められたのを、アイロンで丁寧にしわを伸ばしたものだ。

紙の表には、十年以上前に私が鉛筆で書いた文字が、少しかすれて並んでいた。

(――笙子)

私は心の中でつぶやきかけ、頭を振った。

ロッカーのカプセルを閉じて、ロックした。

パイロット・ブリーフィングルームでは、朝堂少尉が一人、所在なげに待っていた。資料を脇《わき》に抱え、私が入って行くと。

新米飛行士はあわてて立ち上がろうとして、浮き上がって天井にぶつかりかけた。

「朝堂少尉」

「はっ、はい」

「いいか。俺としては、君を連れて行くのは不本意だ。理由はわかるな。経験の浅い君では大気圏再突入のミッションをこなし切れんだろうからだ。だが」

「はぁ」

「替えの副操縦士の手配がつかない。第一次探査隊の生命維持システムの有効時間にも限りがある。出発を遅らせるわけには行かない。よって君を連れて行く」

「は、はい。ありがとうございます」

「母船の中のシミュレーターでしごくからな。覚悟しておけ」

私は朝堂の目の前に、バインダーノートとメモリの束を押し流した。ゼロGに近いブリーフィングルームの空間を、私の手製の資料はゆらゆらと漂った。

「四年前の〈脱出〉ミッションで、俺が作った資料だ。読め」

「それからな朝堂。大気圏再突入の時は、俺の補佐が出来ればそれでいい。だが、地球へ降りた後、もし俺が倒れたらパイロットは君しかいないんだ」

「は、はい」

「お、おどかさないでください」

「冗談でこんなことは言いたくない。いいか、あの辣腕《らつわん》の樋口が遭難した。地球でどんな危険が待っているか、わからない。生きて還《かえ》れるとは限らん」

「……」

「通常滑走路からの離昇と、脱出速度への加速操作を、徹底的に練習して叩き込んでおけ。何かあったら、君が生き残りの人員を載せて衛星軌道まで逃げるんだ。軌道まで上がればいい。後はスチューバーというベテランが拾ってくれる。いいな」

「は、はい」

「よし。では母船へ行く。機関士と、MSの二名は先に搭乗させた。他のクルーたちと顔合わせする前に言っておくが、連中に不安を与えるな。自分を新米だと思うな。十年も飛んでいる顔をしろ。いいか」

　私がどやしつけると、朝堂は顔を紅潮させ「は、はい！」と答えた。

9

一〇分後。

私の８７０７Rを抱え込んだ大型牽引《けんいん》母船〈クレセント・シティー〉は、BH一一四〇宇宙港の39番ピアをゆっくりと離れた。

牽引ワイヤーのたるみで『追突』しないよう、加速が完了するまでは、スペースプレーンは母船の格納デッキに収容されて行く。

私は母船のブリッジで出港の様子を見る暇もなく、格納デッキの８７０７のそばで、整備技術者から船体の準備状況について説明を受けた。

「四年ぶりに再装備した着陸脚ですが」

技師は、数年も使われなかったシリンダーとオレオ式の脚を指した。ゴム製のタイヤにはまだカバーがかかっている。

「油圧系統の漏れはありませんが、ドックでは強度試験をする暇がありませんでした」

「何とか中高度軌道到着までに済ませてくれないか。ぶっつけで着陸して、羽田《はねだ》の滑走路にへたりこむわけには行かないんだ」

「最善を尽くします」

「頼むよ」

「美島船長」

母船の乗員が、船体のそばに立つ私にメモカードを持って来た。

「見送りの方から、ことづけです」

「俺《おれ》に？」

「はい」

見送り——？

私は眉《まゆ》をひそめた。

何だろう。

『都市』に、見送ってくれる肉親などいない。深見には任務について知らせる暇がなかったし。

（誰《だれ》からだ……？）

私は極薄の記憶カードの面に、親指で軽く触れた。

現われた文面は、手書きだった。

——出発の前に渡そうと思い立ち、ことづけました
笙子とは、大学でも一緒だったのです

笙子が一人で住んでいた最後の住所、下に書いておきます
東京でもし時間があったら、お別れを言って来てください

ＰＳ　汚れた女のところへ帰って来てなんて、虫のいいことは言いません
　　でも必ず、生きて帰ってください

上条　友里絵

（――）


私はカードの表示を指で消すと、船内用宇宙服の胸ポケットにしまった。

「ちょっと、頼む」

整備技術者にチェックリストのタブレットを預けると、私はデッキの天井へ流れて行き、階段の手すりをつかんだ。

上甲板への垂直通路を上がった。

窓のある通路へ出て、船尾方向を見た。

外の光景。

音も無く、宇宙港ブロックは離れて行く。ピアを離脱して数分、『都市』の中心構造体はまだ回転する鋼色の巨大な円盤だ。

目を凝らすと、港の突端にガラス張りのオブザベーション・デッキが見えた。

人気《ひとけ》のない送迎デッキの上。

赤いオープンタイプのムービングカートを停《と》め、赤いコートを着た女が長い髪を無重力になびかせて、出港して行く母船を見送っていた。

「上条――」

〈新東京〉は、やがて小さくなり、星々の海の中に紛れて見えなくなった。

10

母船〈クレセント・シティー〉は、暗闇《くらやみ》の中を降下していた。

ラグランジュ空域からはビー玉のような大きさに見えた故郷の惑星は、高度三六〇〇〇キロメートルの静止衛星軌道を横切ってさらに降下すると、眼下から蒼《あお》い巨大な球体となってせり上がって来る。

もとアメリカ空軍の所属だった〈クレセント・シティー〉は、終戦までは宇宙艦隊の旗艦として衛星軌道を遊弋《ゆうよく》し、多数の攻撃型シャトルを引き従えて空に君臨していた。

しかし現在では武装の大半を外され、もっぱら物資の輸送と軍事衛星の掃空任務についている。レールガンも高出力レーザーの『砲塔』も取り外されたシルエットには、寂しさも漂う。まるで昔日の乱暴者が、自分の不始末の後片づけを黙々としているようにも見えた。

六角形の断面を持つ格納デッキから船尾方向へ、いま糸の付いたミノムシのようにせり出していくのは民間仕様の二隻の８７０７型スペースプレーン。その一隻が、東京へ降下する私の船だ。

ＢＨ一一四〇――〈新東京〉からの、三日間に及ぶ旅が終わろうとしていた。

母船の中で必要な訓練を済ませた私は、副操縦士の朝堂、機関士の菊地、そして二名の船外活動技術者勝又、小梁とともに８７０７の船体へ乗り移った。

母船の整備技術者の不休の努力で、大気圏内で使用する昇降舵やフラップその他の動翼、滑走路へ接地するための着陸脚、それらを駆動するモーターなどの調整とテストは、ほぼ満足な形で完了していた。

東京へ降りる私の船のクルー五名が全員日本人に決まったのは、偶然ではないようだった。留守にした領土を他国の人間に踏み荒らされるのをよしとしなかったのか。日本国臨時行政府が日本人ばかりをかき集めたのだろう。樋口の率いていた第一次探査隊のメンバー十名も、全員が日本人だった。

「船長」

コマンドモジュールの左側操縦席に入り、ハーネスを締めていると後席から機関士の菊地が呼んだ。

幸いにして、朝堂以外の三名は皆なまともなベテランだ。いや、ベテランと言っても私と歳《とし》の変わらぬ若い連中だ。そして境遇も変わらない。

「船長、母船のブリッジから通信が入っています」

この菊地は確か、海上自衛隊の飛行艇US2の機上整備士だった男だ。細身だが武道をたしなむらしく、目つきが据わっている。いざというとき頼りになるだろう。

「繋《つな》いでくれ」

私はヘッドセットを頭に掛けた。

『ミシマ、スチューバーだ。本船は現在、高度一〇〇〇キロを通過してさらに降下中だ。これより高度標位衛星SS574、565、AS483を経由して高度二〇〇キロの周回軌道へ進入する。切離しポイントへ四〇分だ。秒読みをシンクロさせろ』

「了解」

『熱線銃は持ったか』

「は?」

『放射能で巨大化したゴキブリと戦うとき、要るだろう』

「熱線銃はありませんが、火炎放射器なら持ちました。でもゴキブリ撃退用ではありません。火葬用です」

　第一次探査隊が未知の病原菌で全滅している――そんな場合の対処も、想定の中に入ってはいた。

　だが地表では放射線の影響で『病原菌はおろか腐敗菌やバクテリアまで死滅してしまったのではないか』という説が有力だ。その上、第一次探査隊は地表の探査を宇宙における船外活動と同様に捉《とら》え、地上でも船外用宇宙服を着装して調査に当たることになっていたという。放射線で突然変異した病原菌がもしいたにせよ、宇宙服を着ていて感染することは考えにくい。しかもリーダーが、あの慎重な樋口だ。

「小銃の武装も持たされましたが、途中まで届いていた第一次探査隊の調査報告を見ると、使うことになるとは思えない。下は静かなようです」

『そうか。一応母船内には医療チームを待機させておく。負傷者を発見したら、遅滞なく運び上げろ』

「ありがとうございます」

『さっさと切りあげて、早く上がって来るんだ。ミシマ』

「そのつもりではいますが――」

『私も早く上へ戻りたい』

「？」

『うちの若い乗組員たちに、こんな近くで地球を見せたくないんだ』

四〇分後。

私の８７０７は、〈クレセント・シティー〉の牽引ワイヤーを離れた。

飛行計画では、大気圏へ再突入する前、軌道調整のため高度二〇〇キロで周回軌道を二周する。

眼下に広がる地表の中の一点、東京の羽田空港へ滑空降下するために、最も効率のよいリエントリー・ウインドー――〈再突入窓〉と呼ばれる再突入開始ポイントへ、軌道を微調整して船首を正対させるのだ。

「再突入窓へ四八〇秒」

朝堂が、右の副操縦席でフライトマネージメント・コンピュータのディスプレーを読んだ。

「再突入前チェックリスト完了。オービット・マニューバリングシステム、リアクション・コントロールシステム、すべてグリーン。ステータスは『ＧＯ』」

「よし」

高度二〇〇キロの周回軌道から見下ろす地球は、すぐ足元にあるようだ。暗黒の中にぽつんと浮かぶブルーの球体ではなく、それは緩い弧を描いて眼前に広がる、輝く蒼い水平線だ。

「菊地、船内各システム異常ないか」

「船長、この船は私が隅々まで調べました。大丈夫、保証付きですよ」

「助かる」

私はうなずいた。

「勝又、地上との交信は」

「依然として応答ありません」

「小梁、地表の状況はどうだ」

「日本はまだ夜の部分なので、はっきり分かりませんが――下の南米大陸に緑は見えません。植物はほとんど死滅しているようです」

勝又、小梁の二名は、資源探査用のセンサー／スキャナー席につき、周回軌道から見下ろす地表の様子を探っていた。

勝又はがっしりして巨漢の部類に入るが、小梁は瘦《や》せてひょろりとして関西弁のアクセントが混じる。二人は宇宙軍所属の飛行士ではなく、日本の宇宙開発事業団から派遣された技術者だ。勝又はもと石油会社の研究スタッフ、小梁は京都大学の地質研究所の出身だと聞いた。元の職場から戦争を経て、『都市』へ移って来るまでの成り行きを話してもらうとしたら、たぶん酒を呑《の》みながら一晩かかるだろう。現在は二人とも資源探査の専門家として月面採掘区へ派遣されることが多いという。

「わかった。とにかく、降りてみるしかないな」

母船を発進し、たちまち二周回目。私の指揮する８７０７は、東京へ降下する再突入ポイントへ刻々と近づいていく。

「〈クレセント・シティー〉へ。これより降下する。羽田到着は現地時間で〇六三〇」

『了解、無事を祈る。ニューヨークへのシャトルも五分後に降下予定』

「了解。行ってきます」

〈新東京〉を出発し、すでに七四時間が経過していた。

私は副操縦席の朝堂に秒読み――再突入シークエンスのモニターを始めるよう指示した。

朝堂は、自分の操縦席のコンソールのあちこちに色々な数値を書き込んだメモを貼《は》り付け、こめかみから汗を滴らせながらフライトマネージメント・コンピュータのタッチパネルを操作した。朝堂は、しかし操縦士としての資質は悪くないものを持っていた。母船のシミュレーター訓練でそれを確認した私は、少し気が楽になっていた。

「みんな聞いてくれ」

私は振り向いて言った。

「これより本船は降下に入るが、羽田に到着してから第一次探査隊の捜索に使える時間は、そう多くない。彼らの船の放射能ろ過循環システムの効力は、あと一二時間だ。それより先は宇宙服の酸素タンクしかない。もうそれしか残っていないんだ。わずか五人で東京都内全域を捜索するのは困難を極めるが、みんな協力してくれ」

このＳ７０７には、大気圏内を飛行するための低速域用スーパーターボファン四発と、水素スクラムジェットを再装備してある。月往還船のコアとなる時には取り外しているそれらのエンジンを、再び装着している。帰りに地表を出発する際には、航空機として滑走路から離陸し、大気中で音速の数倍まで加速してから化学ロケット・ブースターに点火、一気に脱出速度を得る。そうすれば自力で高度二〇〇キロの周回軌道まで戻って来られる。

その代わり、その離昇方式を取ると、積載できるペイロードは旧式のコロンビア型シャトルに比べてはるかに小さくなる。携行した装備品を地上で出来るかぎり捨てるとしても、帰りに十名の隊員を収容するためには、行きに乗っていく乗員の数は限られていた。

「船長、第一次探査隊の遭難の原因は、何だと思われますか」

勝又が言った。

「わからない」

私は正直言って、息をつくしかなかった。

「第一次探査隊の船は、今でも羽田の滑走路脇に停止しているらしい。五分おきに位置情報が自動送信で送られて来るんだ。位置情報には船体各システムのモニター情報も含まれているが、母船の中央整備コンピュータに照らしても、船体システムにトラブルが生じたような信号は混ざっていない。船が無事なら、なぜ帰って来ない——？　何が起きたというのか、見当もつかん」

「何で地球なんかへ降りたのかなぁ……」

小梁がぼそっと言った。

「——」

菊地は腕組みをして黙っている。無口な男だ。

勝又は月面灼《や》けした顔をしかめた。

「お気楽な上の、考えつきそうなことさ。懐かしくて仕方ないなら、一度月面の坑道へでも潜《もぐ》ってみればいい。『都市』を維持する資源を掘るだけでどんなに大変か——死に絶えた地球の思い出なんかに浸《ひた》っている余裕は、なくなる」

「再突入窓へ三六〇秒です」

朝堂が言った。

「よし、いよいよだ。ＯＭＳ安全ロック解除。点火秒読みシンクロ開始」

私は操縦席に向き直って指示した。

「仕事を始めるぞ」

「了解。安全ロック解除。点火シンクロをエンゲージ。ＦＭＣのチャンネルは」

「Aだ」

「了解。Aをエンゲージ」

朝堂の操作で、A、B、Cと三重装備された船のフライトマネージメント・コンピュータが軌道を離れる逆推進ロケットの点火を引き継いだ。グリーンのライトが点《つ》く。

「シンクロ異常なし。三五七、三五六、ウインドー接近、秒読み継続」

船の位置と船の持つエネルギーを画像で表示するプライマリー飛行ディスプレーの片隅で、秒読みのデジタル数字が減っていく。

（よし。点火までは手放しだ……）

すべての降下準備が整ったことを、コンソール全体を見渡して確かめた。

秒読みがゼロになるまで、ふいに空白の暇が生じる。

私はひと息つき、コマンドモジュールの前面風防から地球を見た。それは視野の左右いっぱいに広がる、ガラス球のように冷たく輝く蒼い円弧だった。

（……地球）

私は、ふと右席の朝堂を見た。まだ学生の面影を残す朝堂は、右側のサイドウインドーから眼下の地球に見入っていた。

「――」

朝堂は無言で、焦がれるように地表を見ていた。

私は眉をひそめた。

（こいつ――）

この繊細そうな男は、親のコネを使ってまで無理やり、この船に乗ってきた。なぜそうする必要があった……？

彼の母親の言葉を思い出した。朝堂は、地球へ再び降りるのが目的で宇宙飛行士になったのだという。出発前に、恋人と思われる娘と言い争っていたのも気になった。なぜそんなにしてまでこの青年は地球へ行こうとするのだろう。

「朝堂」

「――」

「なぁ、朝堂」

二度呼ぶと、朝堂俊雅は「あ、はい」と気づいて顔を上げた。

「お前なぜ、ついて来たんだ。危険な任務だ。命をおとすかもしれんのに。なぜそんなにしてまで地球へ行きたがる」

「――」

朝堂少尉は黙ってうつむいた。

「今、言いたくないならいい。そのうち教えてくれ」

「――すみません大尉」

私は、左側のサイドウインドーから地球を見下ろした。高度二〇〇キロの周回軌道から見下ろす光景は美しかった。それは、ゆっくりと回転していた。強烈な放射能汚染ですべての生命が死滅したとは思えない、蒼い美しい輝きだった。

(……地球、か)

秒速八キロで、音も無く船は進んでいる。次第に夜の領域へ入る。サイドウインドーの真下が、ちょうど昼から夜への境目になる。

――『空気を抱え込んでしまえるみたい』

(夕暮れの、空気)

私は目を閉じてみた。

まぶたに、オレンジ色から紫に変わっていく空の色が浮かんだ。

宇宙を飛んでいるときに寝棚で仮眠を取ると、閉じているまぶたの裏に、ふいに眩《まばゆ》い閃《せん》光《こう》がひらめくことがある。それはオレンジだったり、紫だったり、桜色だったりする。宇宙空間を走る微小な高エネルギー粒子が、宇宙船の船体を貫通し、人間の脳を透過する時にまぶたに光を見せるのだという。

だが今、まぶたに浮かぶ光景は、高エネルギー粒子のひらめきではない。
――『ここに立つのが好き。空気を抱え込んでしまえるみたい』
長い髪を風に吹かれ、後姿の少女が言う。
少女は髪を風に吹かれながら、独り言のように、小さな声でつぶやく。
その向こうには、目の届くかぎり蒼黒く沈んでいくグラウンドと、夕暮れの空。
私は、藍羽《あいば》笙子の少し後ろに立ち止まって、そのつぶやきを聞いていた。
「ここに立つのが好き。空気を抱え込んでしまえるみたい――ねぇ、そう思わない」

「OMS点火、三〇秒前です」

朝堂が表示を読む声。

私は目を開け、顔を上げた。

「よし。全員、ヘルメットを着けろ」

記憶の光景が蘇《よみがえ》ったのは、わずか数秒のことだ。

私は皆に見えぬよう、小さく頭を振ると、幻を振り払った。操縦席の耐Gシートの五点式ハーネスをチェックし、ヘルメットを被《かぶ》った。

気密ロック。

「二〇秒前」

「全システム正常」

秒読みの数字は減っていく。

８７０７は再突入窓へ進入して行く。

「ステータス『ＧＯ』」

私にとって十三回目の、大気圏再突入だった。

「ＯＭＳ逆推進三秒。点火シンクロ異常なし。点火一〇秒前。九、八、七」

私は、もう一度下をちらりと見た。

帰っていくのか。記憶の中の――

「四、三、二」

「ＯＭＳ点火」

「点火」

短い衝撃。

船首でオービット・マニューバリングシステムの姿勢制御ロケットが船に逆推進をかけた。

周回速度を失った8707は、眼下の冷たく蒼いガラス球へとダイヴし始めた。前にのめるような逆加速。姿勢はそのままに、船体がぐいと沈み込む感覚があった。果てしないフリーフォールの始まりだ。沈んでいく。

どこまでも沈む。

「画面の飛行表示線から目を離すな」

横の朝堂は、これが初めてだ。

どんなにシミュレーターの性能が進んでも、本番の再突入の『凄《すさ》まじさ』は再現できない。繰り返し練習していても、初めての再突入では新人飛行士はたいてい、頭で覚えていたことが吹っ飛んでしまう。

私はオートパイロットがコントロールしているサイドスティックに軽く手を添えながら、副操縦席の朝堂を『指導』していた。

「八〇キロメートル下が大気圏だ。突入角度をモニターしていろ。もしオートパイロットがエラーを起こして外れたら、すかさず手動に切り替える」

「はい」

「突入角度は最初深くてもいいが、絶対に浅くするな。大気圏上面でバウンドしたら、二度と帰って来れない」

「はい！」

「高度を読み上げろ。大気圏に突入したら機体表面温度に注意しろ。こいつのリミットは一二六〇℃だったな。いいな」

「はい。現在高度一九〇、一八五、一八〇――」

オートパイロットがプログラム通りに姿勢制御ロケットを使って姿勢を変更し、船首をぐいと上げた。前方視界が下向きに流れる。８７０７は、やや上向きの姿勢となり、そのまま蒼い世界へ尻《しり》からおちていくように見えた。

「一六〇キロ。

一五〇。

一四〇。

一三〇。

一二〇――突入」

「突入」

プールに飛び込んだような衝撃が来た。

揺れ始める。揺さぶられる――何度経験しても気持ちのいいものではない、たちまち目の前の風防が赤熱し、真っ赤に染まる。

窓から見える８７０７の船体表面は、空気摩擦で赤熱し、細かく振動した。冷静なオートパイロットが再び機首と両翼端で姿勢制御ロケットを噴射し、よろめきかける船体を立て直し、主翼水平、機首上げ四〇度の迎え角を正確にキープする。前面窓から水平線は下方へ消え、星空だけになったが、やがて黒い星空も濃い紫の大気の色に変わっていく。星々が、消えていく。

スペースプレーンは下降していく。

機体を包む空気が、少しずつ濃くなっていく。莫大《ばくだい》な運動エネルギーを三角翼と胴体腹部の抗力で熱に変換しながら、８７０７はさらに大気の底めがけて下降を続ける。消化し切れない運動エネルギーは、右に左にバンク角を取ることによって処理していく。そのたびに姿勢制御用リアクション・コントロールシステムが、翼端と機首でパルス噴射をくり返す。空気抵抗による激しい機体振動、主翼を大きく振るようなバンク運動と連続パルス噴射の反動で、船内は古い木製ジェットコースターのように猛烈に揺れ続けた。慣れない者は舌を嚙《か》むだろう。

「大気圧五一七ミリHgで、ＲＣＳをカットだ。その後は空力舵面《だめん》を使う」

「は、はいっ」

「音速表示を読め」

「マ、マッハ一二です！」

「マッハ一〇になったらエアブレーキを出す」

「はいっ」

ほう。

こいつは、できる方だ。

朝堂は初めての再突入にも動転せず、よくついてきている。

高度七〇キロ。

画面の大気圧表示が上がって来る。機体を包む空気の粘性がさらに増す。空は濃い紫から、次第に濃い藍《あい》色へと明るくなる。

「RCSカット。方向舵、補助翼、昇降舵、エアブレーキ、ロック解除」

「RCSカット、ロック、解除！」

「エアブレーキ展張」

「エアブレーキ、展張します！」

高度五〇キロ。

空が――周囲が青くなり始める。8707の船体はすべてのロケットをカットし、翼と空力舵面のみのコントロールで完全に滑空態勢に入った。フライトマネージメント・コンピュータがコースを算出し、機体を正確に東京へと導いていく。

(——ここは)

落下同然の下降から『滑空』に移り、船首が下がり、水平姿勢に近くなる。

空だけだった前方視界の下から、蒼黒い水平線がせり上がって来た。

マッハ四。

「エアブレーキ、戻せ」

「はい」

今——私の船は、ちょうど地球の夜と朝の境目を飛んでいるのか。五〇キロの高空は明るいが、はるかに見下ろす海面はようやく夜が明けるところだ。東シナ海だろうか。

私はナビゲーションの画面を、軌道表示からマップ表示に切り替えた。船は南西の海上から日本列島へ接近している。まっしぐらに北東へと向かっていく。東京——羽田には、早朝の到着になるだろう。

「船長、あれを——!」

窓外を見ていた朝堂が、突然大声を上げた。

「飛行機が。飛行機が飛んでいます」

「何」

「あそこです。二時の方向」

私は、朝堂の指さす方向を見た。そこは、まだ明けきらぬ夜の空だった。

確かに、赤と緑にゆっくりと明滅する光点が、水平線のやや上に見えている。それは航空機の翼端航行灯の光によく似ていた。

「おちつけ朝堂。あれは金星だ」

「金星？」

「明けの明星だよ」

「でも、赤から緑に――」

「変化して見えるんだろう。金星という星は、上空で見るとなぜだかそう見える。新米のパイロットは、みんな他の機の航行灯と間違えるんだ」

私は、六年ほど前に航空自衛隊の訓練生として、このあたりの洋上訓練空域を飛んでいたのが懐かしくなった。

「よし、オートパイロットを切れ」

私はヘルメットを外すと朝堂に言った。

「は？　手動で飛ばすんですか」

朝堂は汗をふきながらきょとんとした。

「戦闘機に乗っていた頃、このあたりはよく飛んだ。庭みたいなもんさ」

九州・四国の南海上は、新田原基地の訓練空域だった。私は、戦闘機操縦課程の訓練生だった頃、F15J訓練戦闘機でこのあたりの洋上空域を飛んだ。〈技量不十分〉の判定で脱落し、救難ヘリへ転身させられる前のことだが――

「オートパイロット、ディスエンゲージ」

自動操縦を外し、私はサイドスティック式の操縦桿《かん》を握った。８７０７の手動用操縦桿とラダーペダルは、あの頃の旧式戦闘機と似た形式のものだった。

がくん、とかすかに機首が上下に振れた。

手のひらに、柔らかいうねりのような反動を感じた。フライバイライト機構のフィードバック。懐かしい、空気の流れが主翼を包んで揺さぶる反動だ。

（……操縦桿、か）

――『美島候補生。当基地における君の戦闘機操縦課程訓練は、これ以上継続しない。来週から名古屋《なごや》へ赴任し、救難の課程に入校しろ』

『し――しかし』

『辞令は以上だ』

あの宣告を受けた瞬間。戦闘機F35Jと宇宙飛行士への道は、私の前から消えたのだ。パイロットコースに入って三年間の努力が、ふいになった瞬間だった。

――『美島、戦闘機は駄目だったかも知れん。しかしパイロットとしては生きられる。

　それで十分と思うんだ』

「大尉、日本です。陸地です！」

　朝堂の声に、私は我に返った。

「日本が――？」

　私は操縦桿を右手で保持したまま、前面風防に伸び上がった。

　８７０７は洋上を北東へ飛び、陸地へ近づいていた。

　乳白色の雲が切れ、朝日がカーテンのように青い海面へ届く。目を凝らすと、そのはるか先に島影があった。

　全身グレーの日本列島が、雲間から姿を現わした。夜の明けた空は青く、雲は白かったが緑は死に絶えていた。

「ひどい……」

　私は思わずつぶやいていた。

　超音速で接近し、みるみる大きくなる陸地の影。だが皮膚病にかかったようなその山がちの半島には、緑がひとかけらもなかった。

「……これが、日本?」

「――」

朝堂は口を半分開き、呆然《ほうぜん》と窓を見ていた。

「日本が見えたって――⁉」

後部キャビンから、探査機材の準備にかかっていた勝又と小梁が飛び出して来た。

「船長、日本のどこなんです」

「おそらく紀伊《きい》半島だ」

「紀伊半島――これが⁉」

「――」

「――」

後席の菊地と、勝又と小梁が絶句するのがわかった。

「――ひどい」

「ひどいなぁ――全部灰色だ。天気はこんなにいいのに」

「死に絶えてる。生き物は全部、死んでいるんだ」

「植物も含めて?」

「おそらくな」

人間の活動が止《や》んだためか、植物が死に絶えて水蒸気の放出が無くなったためか。紀伊半島上空の大気は、砂漠の空のように澄み切って青かった。そのかわり、下界は灰色一色の山のうねりだ。

８７０７は高度一〇キロからさらに降下し、亜音速まで減速して滑空を続けた。通常の旅客機と、変わらない飛行プロファイルに入った。これから先は、ターボファンエンジンの力を借りなくてはならない。

当初は滑空のみで羽田まで行ける計算だったが、予測が外れていた。成層圏の下層を流れる偏西風のジェット気流が予想外に弱く、追い風として利用出来なかった。人間の活動が止み、地表からの熱の放出が小さくなり、高緯度と中緯度の温度差が小さくなって、その境目を流れるジェット気流も弱くなってしまったのだろう。

朝堂に指示し、胴体下面のインテークを開いて、四発の低速域ターボファンエンジンを始動させた。

スロットルを握って、少しずつ前へ出すと、ジェットエンジンの推力で８７０７は水平飛行を始めた。対気速度六〇〇ノット。高度四キロ――四〇〇〇メートルまで下げた。

「――せ、船長、少しコースを変えられませんか⁉」

後席で景色を見ていた小梁が、耐え切れぬように言った。

「あ、あっちに――京都《きょうと》に、私の家があるんです！」

小梁は震える指で、左手の九時方向を指した。

「小梁、燃料の無駄だぞ。時間だって――」

勝又がたしなめたが、

「だって……」

小梁は唇を噛み、涙目で絶句した。

「いいだろう。ターボファンの燃料なら、羽田で樋口の船から追加搭載すればいい」

「船長？」

「いいんですか」

「いいさ。寄り道したっていい。もう少し高度を下げよう」

私はスロットルを絞ると、機首を下げ、東海《とうかい》方面へ向かうコースから左へ九十度旋回して進路を内陸へ――奈良《なら》・京都上空へと向け直した。

後で樋口の船から、ケロシン燃料はもらえばいい。化学ロケットの推進剤を使ってしまうわけではない。

「ここが奈良のあたりか」

潮岬《しおのみさき》から北上し、約二分で京都上空のはずだった。紀伊半島の連なる山々の上を、さらに高度を下げ、私はなめるように眺めて飛んだ。どこまで行っても灰色の裸の山が続いた。

マップ表示にしてあったコンソールのナビゲーション画面が、京都市上空を指した。

「ここが」

「——」

「——」

全員が、再び息を呑むのがわかった。

「ここが、京都……」

目の前に何かが見えて来た。

樹木の枯れ切った、ささくれだったグレーの山々——その狭間《はざま》に、盆地が現われた。中心のやや北に見覚えのある京都タワーがぽつんと、汚れた蠟燭《ろうそく》のように立っているのが見えた。

「降下するぞ」

五〇〇メートルまで降下し、私は盆地の中で機を左旋回に入れた。斜めにかしいだ地平線、左側サイドウインドーに灰色の地表が流れる。

「朝堂、フラップ五度」

「は、はい」

フラップを中間位置まで出し、ターボファンエンジンの出力を少しアップした。主翼の揚力を増加させ、速度を二〇〇ノットまでおとした。

８７０７は四発のジェットエンジンの爆音を響かせながら、荒れ果てた京都市内の上空を低速で旋回した。

動くものは、何も無さそうだった。

小梁は後席から身を乗り出して、サイドウインドーから下を食いいるように見つめていた。

「小梁、宇宙都市へは一人で来たのか？」

「は、はい」

「よし、もう一回京都の上空で旋回する。家族や友人の冥福《めいふく》を祈ってやれ」

「はい」

京都の市街地は、死んだ珊瑚《さんご》のような低層ビルの群体だった。市街地の外周を、灰色の裸の山々が囲んでいた。

「あっ、あそこ、あそこが嵐山《あらしやま》です！」

小梁が指さして叫んだ。

ささくれだった灰色のピラミッドのような形の山が、窓を流れていった。その下に、黒い帯のようにうねっているのは干上がった川か――？

「僕の家がある――あれが京福《けいふく》の駅。あっちが桂川《かつらがわ》の川原、渡月橋《とげつきょう》です」

「フラップ一〇度」

私は朝堂に指示して、さらにフラップを出した。

「一八〇ノットまでおとす。失速しないように見ていてくれ」

「はい」

私はさらに減速し、四〇〇メートルまで高度を下げ、なめるように嵐山の川原の上空を旋回した。

かつての緑濃い山は、山火事の焼け跡のように灰色にささくれだち、裾野《すその》を流れていた桂川は干上がって黒い帯に変わっていた。

その世界で、人間の遺《のこ》した物は破壊されずに佇《たたず》んでいた。渡月橋、川原の道路、並んだ観光客向けの茶店、店先の紅《あか》い毛氈《もうせん》を敷いた縁台のいくつかが斜めに流れるように、コクピットのサイドウインドーを擦り抜けていった。道路にうち捨てられた自動車の屋根が朝日を照り返した。幸いなことに、倒れた人影は見ることが出来なかった。

小梁は、サイドウインドーにしがみついて声もなく泣いていた。

「さぁ、もういいだろう」

勝又が小梁の両肩をつかんで、窓から引きはがすように後席へ戻した。

「小梁、しっかりしろ」

「もういいか？　羽田へ向かうぞ」

私が振り向いて念を押すと。

地質学の専門家は、顔をくしゃくしゃにしながらうなずいた。

「あ、ありがとうございました船長」

「大丈夫か小梁。羽田へ着いたら仕事が待っているんだぞ」

親友らしい勝又は、小梁の肩を叩《たた》いて「しっかりしろ」としきりに励ましていた。

普段から無口な菊地は、押し黙ったまま窓外を見ている。

朝堂は、副操縦席で表情をなくし、ただ計器盤を見ていた。コネと権力で一家そろって無事に『都市』へ避難した朝堂にとって、こんな光景はショックだっただろう。

私は再び速度を上げ、上昇すると死滅した京都を後にした。

11

二〇分後。

東京・羽田空港の海側滑走路、ランウェイ34Rに私は8707を着陸させた。

〈新東京〉を出発してから七八時間。

古い日本時間の暦で言うと、西暦二〇二九年六月四日・早朝の六時四二分だった。

羽田は、初夏の快晴の朝だった。

三〇〇〇メートルの滑走路をほぼ満杯に使い、接地させた機体を減速した。

ゴトン、ゴトッという着陸脚のタイヤがコンクリートの凹凸を拾う振動――それは航空機のパイロットにとって、懐かしい響きだ。私は足先でブレーキを踏み、慣性を殺してランウェイ34Rの末端で機体を完全に止めた。

「船長、あれを」

朝堂の指さす方を見ると。

整備地区のランプに、もう一隻の８７０７が停まっている。朝日を浴び、白鳥のように優美なシルエットだ。

「〈新東京〉所属の８７０７――第一次探査隊のシャトルだな」

その白い船体は、ＢＨ一一四〇宇宙港を母港とする宇宙軍機動輸送中隊の所属を示す、緑の標識を尾翼につけていた。

「あの横へつけますか？」

「いや、待て」

私は、万が一の危険を考えた。

宇宙では、予測し得ない危険に出遭うことがある。今やこの東京も、未踏の宇宙空間と危険度において大差はないだろう。

私は滑走路の末端で大きくステアリングを使い、機体を一八〇度ターンさせると、離陸滑走開始位置につけた。

「全エンジンをアイドリングでこのまま待機。勝又、小梁、一緒に来てくれ。あの船体を調べに行く。菊地は電源車を捜してくれ。補助動力装置の燃料を節約したい」

「船長、私は」

「朝堂、君はここにいて船を護《まも》れ。何か危険が迫ったら——どんな危険なのか俺にもわからんが、もしものときには直ちに離陸し上空へ逃げろ」

「は、はい……」

「我々はプロの兵士ではないが、身は護らねばならん。一応武装して行こう」

勝又、小梁、菊地の三人を連れ、私は後部のエアロックへ移動した。外界の放射線から身を護るため船外用宇宙服を着装し、ロッカーからM04自動小銃を取り出して携えた。

「こんなものを使うことになるとは思えないが」

自動小銃を抱えると、宇宙服の手首の自動応答端末のスイッチを入れた。

「朝堂、モニター出来るか？」

『はい船長。コマンドモジュールの探査ディスプレーに、位置が出ています。心拍数、血圧、その他バイオデータも受信良好』

「よし」

「船外の大気をチェックします」

小梁が、大気分析センサーのコントロールパネルを操作した。８７０７R型の特有の装備である資源探査センサー群が、外気を自動的に採取する。

「外の放射線量が出ました。放射線の強さ――一秒間当たり四〇〇〇ミリグレイ」

「い」

「一秒間当たり、四〇〇〇ミリグレイ――⁉」

私と勝又は、顔を見合わせた。

声が、出ない。

「放射性物質が、広範囲に降り積もっているのか、あるいは大気中に充満して循環していると思われます。ただしほとんどがアルファ線とベータ線、幸い、船の外殻と宇宙服を透過して来るガンマ線は宇宙空間のバックグラウンドと変わりません」

小梁がパネルの表示を読み、分析値から推測を言った。

「――そりゃ」

勝又が声を出した。

「つまり月面よりも危険、ということか」

「呼吸出来る酸素はありますが――そうですね。宇宙服なしで五分――いや一分でもそのへんをほっつき歩いたら、一巻の終わりでしょう。身体組織がボロボロになって、四、五日で死にます」

「――」

「――」

　小梁は鼻をすすった。

「核ミサイルなんか、一発も飛ばなかったのに――」

「街は無傷じゃないか」

　勝又はエアロックの丸窓から外を見た。

「全然、破壊されていないぞ」

　私も覗《のぞ》いた。

（――）

　勝又の言う通りだ、と感じた。

　一見すると無傷だ……。

　空が青い。透明な、まぶしいほどの朝日が空港に降り注いでいる。

　数百メートル向こう、空港のターミナルがある。ここから見るかぎり破壊された様子も無い。大勢の人々が活動していると言われても、疑わないだろう。

「日本は」

小梁はフェースプレートを跳ね上げたヘルメットの下で、眼鏡を拭《ふ》いた。

「日本海沿いの原発群を残らずメルトダウンさせられ、主にその放射能で全滅したと言われています。核兵器は、それぞれの国の首脳がコントロールの下に置いていたが、無数の破壊工作員、すでにネットワークに放たれたマルウェアまではコントロールし切れなかった――でも船長、同じことですよ。こんなに放射線が強いのでは、どのみち地上のどこにいたって生き物は生存できません」

「……よし」

私は唇をなめ、二人に向き直った。

「とにかく、宇宙服なしで外に出られる可能性はなくなったというわけだ。みんな装備の点検をしろ。自動応答端末を入れ忘れるな」

エアロックからタラップを降ろした。

ゆっくりと、徒歩で地面に降りる。銃を構えたまま辺りを見回した。

背後でアイドリングするターボファンエンジンの排気音以外、何も聞こえない。宇宙服の指向性集音マイクのゲインを〈ＭＡＸ〉に上げたが、周囲からは何の音もしない。ただ、ヘルメットの中で自分の息が聞こえるだけだ。

「勝又、小梁、動くものを見たら知らせろ」

『了解』

『了解』

四年ぶりに大地を踏み締めた感慨など、無い。

身体《からだ》を回すと、羽田の空港の全景が、宇宙ヘルメットのフェースプレートを通して展開する。エプロン、ターミナルビル、格納庫――動くものは何もない。当たり前だ。この放射線の下ではゴキブリさえも生き残れるわけがない。

「勝又、GEMを降ろしてくれ」

『了解』

勝又が船の胴体下部のアクセス・パネルを操作してカーゴベイの外部ハッチを開き、一人乗りの高速ホバークラフトを四台降ろした。

GEMだ。障害物に道路を塞《ふさ》がれていても、楽に探査活動が出来るようにと持ち込んだ乗物だった。動力は水素燃料ジェット。操縦法はオートバイに近く、荒っぽく乗りこなせば階段さえ登れてしまう。

「ラジオの回線はオープンにしておけ。よし、小梁《しら》は俺と来てくれ。菊地と勝又はターミナルビルと格納庫を頼む。何か危険を察知したら報せろ」

『了解』

『了解しました』

「行こう」

私は小梁をうながすと、モーターサイクル型の操縦ハンドルのスロットルを開き、GEMを浮上させて樋口の船――もう一隻の８７０７の白い船体へと向かった。誘導路に放置された全日空のボーイング７８７の尾翼の下をくぐり、ゆっくりと近づいて行った。

「誰かいるか」

私は宇宙服の外部スピーカーをオンにして叫んだ。

「おおい、誰かいないのかっ」

白い８７０７は沈黙したままだ。

『エアロックが開いていますね』

「ああ。タラップも下りてる。行ってみよう」

小梁と私は、開かれたエアロックから船内へ踏み込んだ。

搭乗口の気密ハッチは施錠されていなかった。

「不用心だな」

船内は無人だった。

後部カーゴベイの中には、探査用の分析機材が無造作に転がされ、チャートや記録パッドがぶちまけられたように散らかされていた。

「ヘルメットを取るなよ。外気に汚染されてる」

私は小梁と二人で、前部へ通じるハッチを開け、キャビンの中へ進んだ。

『宇宙服は、予備の二着を除いてすべてなくなっています』

「銃はどうだ」

『銃は使われなかったようですね。一丁残らずロッカーにあります。弾薬のパックも開けられていません』

「しかしこの散らかりようは……何が起きたんだ、いったい」

私と小梁は、宇宙ヘルメットのフェースプレート越しに顔を見合わせた。

「コマンドモジュールを見てみよう。小梁、君は他のキャビンを調べてくれ」


私は、最前部の気密ハッチを開け、操縦室へ入って行った。

朝日の差し込むコクピット。

左右の操縦席と、後ろの機関士席は、特に荒らされた様子もなく残されていた。

左側の操縦席を覗き込んだ。耐Gシートは一杯に下げられ、肘掛け《ひじか》が立てられていた。

そこに座っていたパイロットが席を外して立ち去った後、誰も触れていないように見えた。

計器パネルのグレアシールドには、羽田空港の紙のアプローチ・チャートがクリップで止められたままになっていた。空港と滑走路の仕様をグラフにした、かつての米ジェプセン社発行・公式航空図だ。

（——樋口のフライトケースだ）

私は、左側操縦席の脇に置かれたアルミ合金製のカバンを見つけた。

身体を伸ばして手に取ると、中身はそっくり残っていた。フライトケースは、飛行士がフライトに必要な様々なアイテムを入れて持ち歩くものだ。

（軌道計算に使うタブレットと、手書きの資料か……。あいつらしく、きちんと整理しているな）

荒らされたような形跡は操縦席のどこにもない。

いったい、この地上で——東京で何が起きたというのだろう。

樋口の率いる十名は、どこへ消えた……？

——『山が怖いか、美島』

私の脳裏に、意志の強そうな太い眉の顔が浮かんだ。

「……樋口」

——『セットリングに入った！　畜生、推力がおちる！』

『うろたえるな美島、ハンマーヘッドターンだ。谷を出るんだっ』

私の同期生――樋口康弘は、山男だった。

彼は、宇宙飛行士など目指してはいなかった。空自の航空学生を受けたのは、最初から救難ヘリコプターのパイロットになるためだったという。ウイングマークを授与してくれたT4中等課程の担当教官から「戦闘機へ行ったらどうだ？　腕がもったいないぞ」と勧められても、決して首を縦に振らなかった。

「四〇〇〇フィートで射的遊びして、何が面白いんです」

変わったやつだと思い、浜松《はままつ》訓練基地の宿舎で話したことがある。

「ヘリコプターコースって、戦闘機をあきらめたやつが行くところだと思っていたよ」

「俺は、音速の二倍半も出す高価《たか》いおもちゃに興味はない」

「どうして、ヘリへ行くんだ」

「美島、お前、山に登ったことあるか。冬の山」

「ないよ」

「山は怖いぞ。だから行くんだ」

「？」

それきり、私が『F転』――つまり戦闘機コースを脱落して、UH60Jに移り、小松救難飛行隊へ赴任するまで、樋口康弘とは話す機会がなかった。航空自衛隊では、いったん戦闘機コースへ進んだパイロットが、自分の希望でなく他の分野の機種へ配転させられることを『Ｆ転』と呼んだ。何となく『転げおちた』というイメージだ。

（特に変わったものは――ん？）

樋口の手書き資料の束の間から、何かがこぼれた。

「――写真か」

それはラミネートパックされた一枚の写真だった。印画紙の写真だ。すり切れて、だいぶ古い。

長い髪の小柄な娘が、ピアノの前に座っている。

「二十歳《はたち》くらいか――誰だろう」

そうだ。

船の飛行日誌が、どこかにあるはずだ。捜さなくては。

フライトケースを元に戻し、室内を物色していると

『船長っ』

小梁が駆け込んできた。

『船長、見てください。後ろの仮眠用キャビンにありました』

「それは――」

私は眉をひそめた。

「飛行日誌じゃないか」

小梁が差し出したのは、船内用の情報タブレットだ。

画面は点灯し、ファイルが開いている。

『画面に触ってみたら、この最後のページが出たんです』

「――⁉」

私は眉をひそめた。

幅広の情報タブレット――その画面には、日毎《ひごと》に飛行時間・飛行記録と、船体の状況を記すためのフォームが開かれている。フライト・ログブック（飛行日誌）だ。その上に手書きモードで、大きく何か記されている。いや、殴り書きされている……？

――捜さないでほしい
ヘルメットの中で呼び出し音が鳴った。

「美島だ」

『船長、菊地です。ターミナルと格納庫を調べました。動くものは何もありません。格納庫で状態のいい電源車を見つけました。勝又と二人で三〇分もかかれば、使えるようになると思います』

「よし、いったん全員船へ戻ろう。こちらにも誰もいない」

「船長、これはいったいどういうことなんです」

一〇分後。

朝堂が淹《い》れてくれたコーヒーのプラスチックカップを手に、勝又、菊地、小梁の面々がキャビンのテーブルに置いた『飛行日誌』を眺めている。

「わからん、勝又」

私は息をついた。

「彼らの残して行った飛行日誌だ。第一次探査隊の船はもぬけの殻だった。手がかりは、とりあえずこれしかない」

私は三人のクルーを見回しながら言った。

「最後のページに殴り書きしてある。『捜さないでほしい』――わけがわからん」

「観測機材が放《ほう》り出されていたそうですね。何か争った形跡でも」

菊地が訊《き》いた。

「いや、それは――」

「僕には」

小梁が口をはさんだ。

「僕には、争った形跡というよりも、何か途中でやる気がなくなって放り出したように見えましたね。機材は転がされていましたが、壊れているものは一つもなかった。武器のロッカーも手つかずです」

「とにかく」

私は時刻表示を見上げた。

「連中が船を出て行ったとすれば、持っている酸素には限りがある。宇宙服のタンクだけでは二四時間もつかどうか――今日中に捜し出さなければ、生存者を救出することはかなわない」

そこへ、コマンドモジュールから朝堂が戻って来た。

「船長、第一次探査隊の宇宙服全員分の自動応答端末へ質問波を出しましたが、周辺の遮《しゃ》蔽物《へいぶつ》が多すぎて届きません」

「やはりそうか」

私は舌打ちした。

船外用宇宙服には必ず装備されている自動応答端末は、船外活動中の飛行士の現在位置と、生命活動データを母船のホストコンピュータへ自動的に送信する。

所属の違う船でも、こちらから質問波を出せば位置表示ビーコンを発信して応答する。ところが、何も無い宇宙空間で運用することしか想定していないので、東京都内のようなビルの林立する場所ではVHF波が建物に遮られ、使い物にならないのだ。

「仕方がない。これから二班に分かれて捜索に出よう。小梁、携帯用の捜索探知機は用意出来ているか」

「はい。GEMに装備して、走行しながら質問波を出せるように出来ます」

「有効距離はどんなものだ」

「宇宙空間なら数千キロ届くのですが——この東京の遮蔽物の多さでは、五キロがいいところですね」

「船長、第一次探査隊の調査範囲は東京中央部と、可能ならば横浜《よこはま》地区ということでしたね。首都高速道路に沿ってスイープしてみたらいかがでしょう」

勝又が言った。

「俺もそれがいいと思う。よし、勝又と小梁、横羽《よこはね》線を使って横浜市内を頼む。捜索を終えたら第三京浜《けいひん》で世田谷《せたがや》へ戻れ。俺は菊地と都内中心部へ向かう」

「せ、船長」

それまで口を閉じていた朝堂が、急に立ち上がった。

「僕は、また留守番ですか？」

「そうだ。誰かが船を護っていなければ、帰れなくなる恐れもある。お前は操縦士だし、船外活動の経験も少ない。だから」

「船長、お願いです。僕も連れて行ってください」

朝堂は食い下がった。

「お願いです。決して足手まといにはなりません」

「いかん朝堂。必ずどちらかのパイロットは船に残るんだ。船外活動の鉄則だ」

「ここは地球でしょう」

「この世界は」私は船の外側の方へ視線をやった。「もはや、俺たちの住んでいた地球ではない。危険度において宇宙と変わりはないんだ」

「しかしそれでは、やっとここまで来た意味が……いえ、その」

口ごもる深刻げな若者を、クルーの面々が注目した。勝又、小梁は冷ややかな眼だったが

「船長」

菊地が口を開いた。

「行かしてやってください。やっこさん、何かわけありのようだ」

三〇分後。

私は、宇宙服を着た朝堂とGEMを連ね、首都高速一号羽田線に乗った。

結局、船には菊地が残った。

「まったく強情なやつだ」

『すみません』

ヘルメットに装備された無線で、朝堂は『すみません』とくり返した。

「そろそろ話してくれてもいいだろう。朝堂、どうして地球へ来た？」

『――すみません』

朝堂は黙り込んでしまった。

（やれやれ……。案外、頑固者だ）

あの母親の言っていた『言い出したら聞かない』は、どうやら本当のようだ。

私たちは、しばらく無言でGEMを走らせ続けた。捜索探知機から質問波は出し続けていたが、返ってくる応答波はなかった。彼ら第一次探査隊の十名は、空港の周辺からは完全に姿を消しているのか。

眼を上げる。

東京の上空では雲が動き、陽《ひ》がかわるがわるあちこちを照らす。一年じゅうが間接照明のような『都市』の空とは違う、めくるめくような陽差しの変化だ。

羽田海底トンネルを抜け、モノレールをくぐり、芝浦《しばうら》ランプを過ぎた。静まり返った街に、GEMのジェットに似た爆音が響いていた。首都高速には、時おり転倒したトラックや乗用車が転がるのみで、大した障害物には出会わずに済んだ。私たちはオートバイのようにGEMを飛ばした。

宇宙服の肩に風が当たった。空気は澄んでいた。強烈な放射線を含んでいることを除けば、それはさわやかな朝の潮風であるはずだった。

(この風――気持ちいいだろうな……)

私はふと、ヘルメットを取りたくなった。

「……馬鹿な」

『何ですか船長?』

「いや、何でもない」

私は一瞬、この風を自分の肌で感じてみたくなったのだ。自分の恐ろしい思い付きに、私は頭を振った。だが『都市』での暮らしが長い自分にとって、それは誘惑だった。

潮風――きっと懐かしい匂《にお》いがするんだろう。

いや、海の生命が死滅していたら、潮の匂いはするのだろうか……?

嗅《か》いでみたい。

もちろん、理性が誘惑を押さえた。

(しかし)

私は思った。この地球に、あと何日も滞在するとしたら、こういった誘惑あるいは衝動のようなものはこれからも自分を襲うのではないだろうか。

そのすべてに勝って、自分は、耐え抜いて行くことが出来るだろうか？　一日や二日ならともかく——生存者の救出がかなわなくとも捜索は続けなくてはならないのだ——三日、四日、一週間、十日ともなったら……。

（無意識に、ヘルメットを取っちまうような……まさか）

私は自分でも、よくわからなかった。

浜崎橋《はまざきばし》インターチェンジにさしかかった。右へ行けば銀座、左は麻布方面だ。

「左へ行こう。皇居を中心にして都内を一周したい」

浜松町《はままつちょう》駅を右に見て、山手線と京浜東北線を越えた。東芝《とうしば》ビルと東京ガスビルの間を抜けて行くと、目の前に東京タワーが姿を現した。そそり立つ赤と白のペイントは、四年前と変わらなかった。

（東京タワーか……）

いかん。

私は、ヘルメットの中でまた頭を振った。救助隊を指揮する自分が、懐かしさに浸ってどうする。

『船長』

朝堂が後ろから呼んできた。

『船長、次のランプで降りましょう。まっすぐ行くと一ノ橋《いちのはし》から飯倉《いいくら》です。それより次で降りて三田《みた》から白金を回ったほうが、より円に近い形で東京を廻《まわ》れます』

「港区《みなと》は詳しいのか」

『はい』

「よし、案内してくれ」

芝公園《しばこうえん》、と書かれたランプから私たちは高速を降りた。

依然として捜索探知機に反応は無かった。

朝堂の案内に従って、一般道路を一旦《いったん》南下する。

両側の歩道に乗り上げた車の列。商店街の割れたガラス。通りかかった三田国際ビルというの高層ビルのエントランスには、紙クズがいっぱいに吹きだまっていた。

枯れ葉を敷きつめたような通りに出た。右側は高い壁になっている。

ふいに、朝堂がGEMを停めた。

「どうした」

『――』

朝堂は答えず、高い石垣の壁と、その向こうの幾本もの大木、そして古い大きな講堂ののような建物を見上げていた。壁に絡まった蔦《つた》は枯れ切って細いすじとなっていた。かつてかつては鬱蒼《うっそう》としていたであろう楡《にれ》の大木も、葉が残らず落ちて幹だけになっていた。

朝堂と並べてGEMを停めた。ホバークラフトのエンジン音が止んでしまうと、あたりは静寂だけになった。

『ここに居たんですよ』

朝堂はつぶやいた。

『三回生の夏まで、僕はこの大学に通っていたんです。そして……』

「おい朝堂、お前ここへ来るために、わざわざ高速を降りたのか?」

『いえ、違います。本当に捜索ルートはこちらのほうがいいはずです』

「想い出に浸るのは勝手だが、止まって休むわけにいかないぞ。連中の酸素は、あと半日分くらいしかないはずだ」

『わかっています。行きましょう』

私たちは再び走り始めた。

『船長、実はお願いがあります』

「何だ」

『今度の捜索任務が済んだら、僕を、一人で行かせてほしい所があるんです』

「それが——お前の地球へ来た理由だというのか?」

朝堂はうなずいた。

『……』

白金の交差点を抜けた。

「いいだろう」

少し考えた後、私はうなずいた。

「さっきの小梁を見ていたら、そういう気持ちを禁じる気にはなれなくなった。しかし、負傷者が発見されたら即刻、軌道上の母艦まで運び上げなければならない。あくまで任務を優先だ。そのくらいはわかっているな」

『……は、はい』

「それに朝堂、君の家は、一人残らず無事に『都市』へ引き揚げたはずじゃなかったのか」

『家へ帰るんじゃ……ありません』

私たちは明治《めいじ》通りに出た。渋谷《しぶや》の駅前を抜け、山手線に沿って北上した。

それを最初に見つけたのは朝堂だった。

『船長、あれを。ビルが燃えています』

見ると、新宿の高層ビルがひとつ、炎に包まれていた。

「都庁ビルだな。下の方から燃えているようだ」

『自然発火でしょうか』

「わからん」

ピピッ
そのとき、GEMの捜索探知機に初めて反応があった。

「これは——生存者の宇宙服からの応答波だ。西方六キロ」

『どうします』

「ビルを見に行くのは後回しだ。西へ向かおう」

『ビルの所に、誰か居るかもしれません。あれが救難信号のつもりだとしたら……』

「まだ数時間はある。一人ずつばらばらになる方が危険だ。一緒に来い」

本当は、朝堂を一人で新宿へやっても良かった。

いや、普通ならばそうするのが本当だ。彼らの酸素があと半日もつといっても、計算上のことなのだから。

「何をしている朝堂。三号線で用賀《ようが》へ向かうぞ」

だが私には、朝堂を一人で行動させるのは危ないような気がした。何か、とんでもないことをしでかしそうな不安があった。

「救急用の酸素ボトルを用意しておけ。すぐに要るかもしれん」

『は、はい』

首都高速三号渋谷線で西へ向かった。三軒茶屋《さんげんぢゃや》のあたりから、捜索探知機のディスプレーの指示が左に振れ始めた。高速を降り、駒沢《こまざわ》大学から左折して自由《じゆう》通りに入った。指示はまっすぐ前を指し、反応は次第に強くなった。

走りながら、ある予感がし始めた。

駅のすぐそばに出た。

立ち往生した東横《とうよこ》線電車のステンレス車両の片側に、枯れ葉が山のように吹きだまって堆積していた。

「ここはどこだ」

私は確かめるように朝堂に聞いた。

『自由《じゆう》が丘《おか》駅のようですね』

捜索ディスプレーの指示は、右前方二〇〇メートルに応答波を出す宇宙服の主が居ることを示していた。

「行こう。すぐそこだ」

私たちのGEMは踏切を渡り、坂を駆け上がった。乗り捨てられたベンツが斜めに停まっているのをよけて走った。右手に昔は森だったと思われる枯れ木の群れがあった。

「神社か、寺のようだな」

門の石碑には、〈奥沢《おくさわ》神社〉とあった。

「奥沢か。やはり――」

『船長、反応はこの奥から来ています。距離八〇』

小さな境内《けいだい》に人影はなかった。

「おそらく神社の向こう側だ」

私はGEMを舗装の上に停めた。

(そうだ)

呼びかけに備え、宇宙服の外部スピーカーと集音マイクがONであるのを確かめた。

『分かるのですか』

「何となく――な」

キーを回し、水素ジェットを止めた。

GEMの排気音が低くなり、消え、周囲の静寂が押し寄せる。

「――あそこに」

前方を指した。

「境内の脇から、入っていく道がある。GEMでは入れん。降りて歩こう」

すると

「その必要はない。美島」

ふいに背後で声がした。

「俺ならここにいる」

12

驚いて振り向くと、見覚えのある男が立っていた。

「――樋口」

「しばらくだ美島」

「やはり」お前か、という言葉を呑《の》み込んでいた。

それよりも、現われた男の格好に目を奪われたのだ。

「捜さんでくれと書いといたはずだろ。見つけて連れ帰ろうったって、もう遅い」

宇宙灼《や》けした逞《たくま》しい男は、ジーンズにポロシャツという軽装だった。片手には花束を抱えていた。

「樋口、お前宇宙服――」

「脱いじまったよ、あんなうっとうしいもの」

かつて、そして現在も同僚の飛行士は、私と朝堂の先に立って歩き出した。

「せっかく来たんだからうちへ寄って行くか？　お茶の一杯も御馳走《ごちそう》したいが――フフ、ヘルメットは脱げないんだったな」

樋口が案内した場所。

そこは神社の裏手にある、小さな古い四階建てマンションの一階だった。

わずかだが土の露出した庭が切ってある。樋口は、庭に面した和室の縁側に腰掛けた。

庭には新しく掘り返して、何かを埋めた跡があった。

「お前たちもヘルメット脱いだらどうだ。空気がうまいぞ。放射線入りだけどな」

「お前、いつ宇宙服を脱いだ」

「一昨日《おととい》だよ。脱いだのは俺《おれ》が最後だったからな」

「身体《からだ》は――具合はどうなんだ？」

「多少、目がちかちかする。頭の芯《しん》もちょっと痛いかな。ま、あと二、三日の命だろ」

「どうして脱いだりした」

「――」

樋口は答えなかった。手に持った赤い花束を回して眺めていた。

「いったい、何があったんだ。お前たち第一次探査隊に何が起こった。なぜ『都市』からの呼びかけに答えなかった」

「自由が丘の街でな」

「……」

「花をさがして来たんだよ。造花だ。こんなものしか無かった」

樋口は、盛った土の上にかがみ込むと、その造花をていねいに置いた。その隣には、燃え尽きた線香が何本か、灰になって残っていた。

「戦争がなければ——結婚していた」

「……あの、写真の」

樋口はうなずいた。

「そうか」私もうなずいた。「婚約者が、都内の奥沢だって——昔聞いたような気がしたんだ」

「天の恵みだよ、美島。奇跡と言うべきかな。こんな放射線の中でも、腐敗菌やバクテリアは生きている。俺が見つけた時には、きれいな骨になってた」

起こったことを話そう、と樋口は言い、そして語り始めた。

「ちょうど十日前に、俺は第一次探査隊を率いて羽田へ降りた。メンバーは俺を入れて日本人ばかり総勢十名だった。

俺たちはただちに探査活動に入った。都内各所に放射線観測のためのセンサーを立て、写真を撮り、首都高速道路からは邪魔になる車を取り除いた。電子技術者が羽田空港の航法援助施設を復旧した。最初はみんな、生き生きと忙しく働いていたんだが――トラブルは三日目の朝に起きた」

「トラブル？」

私は朝堂と思わず顔を見合わせた。

「いったい何が起きたんだ」

「メンバーの一人、技師の浅井《あさい》が船から出た時、ヘルメットを取ってしまったんだ」

「――」

「――」

「本人は『外の空気を吸いたい』と思っていたら、無意識にやってしまったのだと言った。上田《うえだ》が気づいて急いでヘルメットを被《かぶ》せたが、遅かった。浅井は致死量の三倍もの放射線を被曝《ひばく》していた。俺たちは、とにかく浅井を『都市』の医療施設へ帰さなければと話し合った」

「それで、どうしたんだ」

「ところが浅井は、残ると言ったんだよ。宇宙都市へは帰りたくないと言った。

BH一一四〇へ帰ったって、いいことなんかひとつも無いと言った。俺たち飛行士も含めて、探査隊の技術者は皆、独り身で移ってきた人間ばかりだ。政治家やキャリア官僚や財閥の一族と違って、家族を連れてくることは許されなかった。親や兄弟や恋人や、妻や子供を地上に残し、泣く泣く逃げ延びてきたようなやつばかりだ。俺やお前のように、別れさえ言えなかった者も大勢いた。

浅井は、『宇宙都市へは帰らない』と言った。あそこには何もない。自分の愛せるものがないと言った。それよりも、この地上は放射能に侵されてはいても想《おも》い出《で》があると言った。どうせ死ぬのなら北海道の実家へ帰って死にたいと言った。誰も止められなかったよ。俺は浅井にＧＥＭを一台くれてやった。水と食料もつけてやった。四日目の朝、やつは旅立った。宇宙服を脱いで、うって変わった明るい顔でな」

「――」

「覚悟の決まった人間の、晴れ晴れとした笑顔を見せつけられてみろ。たとえそいつが、あと三日で死ぬとわかっていても……。俺たちはその日一日、口数なく働いた」

樋口はため息をついた。

「次第にやる気が無くなっていった。みんながそうだった。自分が何のために、誰のためにここでこうしているのか、わからなくなってきた。四年前、宇宙都市へ半ば無理やりに移住させられ、人類存続のためという名目で働かされ続けてきた。地上で死んで行った連中から見れば、宇宙へ逃げられた俺たちを幸運だと思うかも知れない。だがそうじゃない。宇宙という、本来生きるべきでない場所を棲《す》みかにして無理やりに生き残っているんだ。冬山に寝袋ひとつで転がっているようなものだ。美島」

「うん」

「お前、冬山に登ったことあるか？」

「昔も言ったじゃないか。無いよ」

「そうだったな」

　樋口は苦笑した。

「冬山は怖いぞ。特に夜の山は。嵐《あらし》になればもっと怖い。どこがどうというんじゃない、とにかく生理的に怖いんだ。大自然に自分の生命存在を拒絶されそうに感じるからだろうな。山に神様が居ると昔の猟師は言ったが、あれはあながち嘘《うそ》ではない」

「そんな怖いところへ、どうして好きこのんで登っていたんだ」

「怖いからさ」

「わからないよ」

「怖いから、登るんだ。自分の生命存在を拒絶するような山を征服した時、生きている実感を感じる。ああ俺は生きているんだ、と心の底から思う。だから登る」

「救難ヘリを選んだのも、そういう理由なのか」

「高校時代、山岳部の立山登山で嵐に遭い、遭難しかけた。雪渓の底で『もう駄目か』と覚悟した時、空自のＵＨが空からやって来て救ってくれた。それ以来、俺も山岳救難を仕事にしようと決めた。生命を拒絶するような逆境で、生きようと必死に闘っている者を命をかけて救う――俺の天職だと思った。人間は冬山に登ることはできる。しかし、そこに棲むことはできない。必ず、帰って来なければならない。不運にも帰れなくなりそうになった者は、誰かが救出に行き、連れ戻さなければならない」

「――」

「宇宙も同じだ。人間は宇宙へ出ることはできる。しかし、棲むことはできない。一年や二年ならともかく、プルトニウムの放射能が半減する二万四千年先まで永住できる場所ではない。本来の棲みかへ帰らなければならない。しかしそれはもう無い。〈新東京〉だと――？　笑わせる。連中は何もわかっちゃいない。あんなものは荒れ狂う冬山に立てた掘っ建て小屋もいいところだ」

「――」

「美島、俺は今回地球へ降りてみて初めて目が覚めた。あんなもので自分たちだけ生き残ろうなんて馬鹿な了見だ。自然を甘く見るもんじゃない、もう人類に帰るところはない。生きる場所は失ったんだ。この地球を駄目にしたときにな。

次の日――五日目の午後、東京出身の島崎《しまざき》が作業を放《ほう》り出して大井町《おおいまち》の家へ帰った。止めれば良かったのかもしれない。だが俺は見て見ぬふりをして行かせた。そしてやつは、家へ帰ったとたん、思いあまってヘルメットを取っちまった。

それからはガタガタになった。仕事は中断し、機材は放り出され、定時連絡さえしなくなった。みんな口々に『家へ帰して欲しい』と言ったよ」

「それで、お前はどうしたんだ」

「止めなかった？」

「宇宙都市へ戻るよりも、自分の生まれた場所へ帰って死ぬ方が生き物として幸せだと、俺は思った。俺の隊は地方出身者が多い。翌々日にはみんな残らず居なくなった。東京近辺にはもう、俺ひとりだ」

「ちょっと待て樋口」

そこまで聞いて、語り続ける同期生を私は制した。

「ちょっと待て。お前、馬鹿なことを言うんじゃない」

「馬鹿なこと――？」

「そうだ」

第一次探査隊を指揮していた樋口のその主張を聞いていて。

私の中に、ある感情が涌《わ》いた。

私は宇宙ヘルメット越しに彼を睨《にら》みつけた。

「樋口。俺はお前を、見損なったぞ」

――『美島っ、馬鹿野郎、貸せっ！』

「見損なった――？」

Tシャツ姿の山男は、けげんな顔をした。

「そうだ樋口。お前は、五年前に立山上空で一緒に死にかけた時、俺になんて言った」

私は目を閉じた。

思い出す。

五年前――正月明けの冬のことだ。

私は二十四歳だった。高校を出て、航空学生のコースに入って六年目のことだった。宇宙飛行士へ進むこともできる戦闘機操縦課程から脱落し、救難ヘリコプターへ転進させられた私は、名古屋での四か月間の機種転換訓練を終えると、石川《いしかわ》県の日本海に面した航空自衛隊小松基地へ赴任した。そこでは、半年間にわたる救難飛行隊の実働訓練が待っていた。

私の乗ることになったUH60JアップデイトⅣというヘリコプターは、シコルスキー社の伝統ある多用途軍用ヘリUH60の最終発展型だった。航空電子装備が更新され、通常はパイロット一名で飛行ミッションに供される。慣熟訓練が済んだら、私はすぐに機長として後部キャビンにメディックと呼ばれる救難員たちを乗せ、救難任務に飛ばなくてはならなかった。

救難飛行隊は、毎日の出動で人手が足りなかった。訓練飛行は右側機長席に私、左の副操縦席には半年先に着任していた同期の樋口が教官役として搭乗した。人手不足もあったが、わずか半年の経験で樋口が新人パイロットの教官役を命ぜられるのは、彼の腕前に対する部隊からの信頼の厚さを物語っていた。

樋口の指導を受けながら、真冬の立山山系へ飛んだ。

「いいか美島。簡単に言えば、山の斜面に風が吹けば風上では上昇気流、風下では下降気流になる。山では水平に吹く風なんて無いと思うんだ」

「お前、こんなとこよく好きで飛ぶな……」

私は、山頂標高よりわずかに上の高度でUH60を飛ばしながら、操縦席足元のウインドーからのぞく白黒まだらの斜面や切り立った尾根を見下ろしてつぶやいた。

急な斜面には絶え間なく雲がかかり、山の全体の形が見えることはまずなかった。上昇気流は白いガスのような雲を生み、下降気流はヘリを谷底へ向けて押し下げた。高度を下げ、ナビゲーション・マップを頼りに谷間へ進入すると、上下に揉《も》まれる中で高度を保つために絶えず操縦桿《そうじゅうかん》を使わねばならない。トリムを調整して放っておけば素直にまっすぐ飛んでいくF15とは、えらい違いだった。

「陽《ひ》の当たっている明るい斜面があっても、喜んでほいほい近づくなよ。上昇気流になっているし、雪目で水平感覚がなくなる」

「油断も隙《すき》もないと言うわけか」

「そういうことだ」

樋口は、副操縦席でどっしりと構えながら笑った。二枚目だとは思うが、凄《すご》みのある髭《ひげ》面《づら》だ。とても同じ歳《とし》とは思えなかった。

一瞬の油断が生死を分けるような、山岳地帯の空を自分の庭のように見下ろし、笑い飛ばす樋口が凄く立派に見えた。戦闘機コースからおとされ、宇宙飛行士という目標も失ったショックから、私はその頃《ころ》まだ立ち直っていなかった。少しでも暇が出来ると、ぼうっとしてため息ばかりをついていた。急峻《きゅうしゅん》な立山を目の当たりにさせられ、こんなに毎日うじうじしている自分のようなやつが遭難者の航空救助なんか出来るのだろうか、と不安になった。

不安は、ただでさえ不慣れな環境への勘を鈍らせた。

しばらくすると、実際の出動が訓練を兼ねるようになった。機長席に私が座り、左席には樋口が補助についた。冬の天候が最も厳しい二月のある日のことだ。深い谷の奥で滑落して倒れた負傷者がいるとの通報が入り、ただちに出動した。

谷に分け入って、負傷者をホヴァリングで吊《つ》り上げ、救出するのだ。後部キャビンには救難員二名を乗せていた。通報のあった雪に覆われた谷へ進入して行くと、左右がV字形に狭くなり、前方は白い山腹の壁で行き止まりになっていた。幸いに頭上は晴れていて、雪の斜面で手を振るパーティーがよく見えた。私は斜面の上で機を空中停止させ、少しずつ位置を合わせ、救難員たちをロープで降下させた。

『メディックよりパイロット。ただいま降下した。収容にかかる』

「了解」

「よし美島。吊り上げにかかったら前方と左手と、ホヴァリングの停止目標は二つ取るんだ。出来れば三つだ。ガスがかかって急に目標が見えなくなると、位置どころか機の姿勢さえ分からなくなるぞ」

「あ、あぁ」

「ホヴァリングを安定させろ。いいか、救難員が負傷者を吊り上げたとたん、重量が増えて機体が少し沈むぞ。待ち構えて高度を修正しろ」

「わかった」

うなずきながら、操縦桿とコレクティブ・ピッチレバーを握る両手に汗がにじんだ。

足元のウインドーから雪の斜面を見て、早く、早くと念じた。安定しているように見えても、天候はいつ崩れるかわからない。

「パイロットよりメディック、収容はよいか」

『メディックよりパイロット、ただいま収容完了――』

その時だった。ふいに頭上に雲がかかり、日が陰った。風向きが変わり、白いガスが猛烈な勢いで谷へ押し寄せた。行き止まりの峡谷は、たちまち真っ白になり何も見えなくなった。

「うわっ――！」

「あわてるな美島、計器で位置を保て」

「何も見えない！」

「じっとするんだ。あわてるな、待っていればガスは必ず切れる」

「畜生っ」

山の天候の急変が、これほど激しいものだとは――！

私は必死にヘリの姿勢を保ちながら、『嫌だ』と思った。嫌だ。俺は、こんな場所は嫌だ。こんなところに好きこのんでいたくない……！

吹雪くようなガスが幕を引くように切れ、ふいに目の前に白黒まだらの岩肌が迫った。前方へ流されていたのだ。

「くっ」

反射的に操縦桿を引き、ヘリの行き足を止めた。だが遅かった。

ガクンッ
機体が岩肌沿いの下降気流に捉《とら》えられたのがわかった。機が沈む。沈降する。

「くそっ」

パワーを上げた。ローターの回転が増し、ヘリは浮き上がるはずだった。だが双発タービンエンジンの回転は増しているのに、機体は浮かない。それどころかガクン、ガクッとますます沈み込む。駄目だ、下の斜面が迫る——！

「セットリングに入った！　畜生、推力がおちる！」

「うろたえるな美島、ハンマーヘッドターンだ。谷を出るんだっ」

セットリング・ウィズ・パワー。それはヘリが自らのローターで造り出す下降気流の中に嵌《は》まってしまい、ローターからの吹き下ろし流が循環を始めて這《は》い上がれなくなる現象だ。放っておけば、ブレード・ストール——すなわちローターの失速を招き、機体は石ころのように落下してしまう。

「う、うわ、うわ——」

ヘリが下降したことで下の斜面から雪が舞い上がり、再び目の前が白一色になった。

真っ白だ。何も見えない！

「美島っ、馬鹿野郎、貸せっ！」

うろたえて何もできない私から樋口は操縦を取り上げた。左席で操縦桿とラダーペダルを瞬間的に操作して失速しかけた機体の頭を下げ、ハンマーをぶん回すように強引に空中で反転させた。間一髪、ローターのブレードの尖端で雪を切り飛ばすようにUH60は反転再上昇に転じ谷を脱出した。

「山が怖いか、美島」

安全圏へ脱出すると、機長席で大汗をかいている私に樋口は言った。

「――」

私は激しく息をついて、答えることもできなかった。

「美島、後ろに乗っているメディックたちにそんな情けない面を見せるな。パイロットが信頼されなくなったら救難のミッションはおしまいだ。十年も飛んでいる顔をしろ」

「す、済まない。樋口」

小松基地へ帰還すると、後部キャビンが開かれて担架を担いだ救急隊員たちが疾風のように駆け込んできた。

「救急車!」

「用意よしっ」

「酸素!」

「点滴はいいかっ」

樋口は真っ先にコクピットから飛び出し、陣頭に立って怒鳴った。

「気をつけて急いで運べ。いいかっ、ここまで連れて来て、死なすんじゃねえぞっ」

おう、おうと隊員たちが答え、救急車がサイレンを鳴らして飛び出して行く。

私はその光景を、汗まみれの飛行服にヘルメットを抱え、呆然《ぼうぜん》と眺めていた。

「美島」

樋口がやってきて、私の背をどやしつけた。

「美島、喜べ。お前は最高の仕事についたんだ。これが仕事だ。四〇〇〇〇フィートの射的遊びなんかじゃない、命をかけて命を助ける、これが本当のパイロットの仕事だ」

「お前は、凄く立派だった。樋口」

私は、縁側に腰かけるかつての救難パイロットに言った。

「あの頃――戦闘機を落第して、宇宙飛行士への夢も断たれて、ついでに好きだった女の子にも振られてボロボロだった俺に、お前は凄く立派に見えた。俺には、救難の仕事なんてとても出来ないと思った。あの頃の俺の状態じゃ、クルーを道連れに、自分が遭難したかも知れない。だから俺は空自をやめた。間違っていなかったと思ってる。それで良かったと――だからお前には感謝しているし、お前のことを尊敬していた。しかし樋口」

私は、思わず宇宙服の手袋で樋口のTシャツの胸をつかんでいた。

「しかし樋口、あんなに人の命を大切にしていたお前が、救難に誇りを持っていたお前が、自分の船のクルーをみすみす死なせたっていうのか――⁉」

睨みつける私の腕を、樋口はゆっくりと振りほどいた。

「どっちが幸せか……よく考えるんだ美島」

「何だと」

樋口は立ち上がり、庭の土の上にかがんだ。

「今日――葬式をしてやったんだ」

樋口はぼそっと言った。

その横顔には、小松基地のエプロンで先頭に立って大声を出していた時の精彩はなかった。髭面の頬《ほお》はこけていた。放射線の影響が出始めているのか、それとも――

「都庁ビルを燃やしたのは、ひょっとしてお前か」

「送り火にしたんだよ。この娘《こ》のな。そのくらいしたって良いだろう」

樋口は、盛り土の上を優しく撫《な》でた。

「百合子《ゆりこ》は……部屋のキッチンで倒れていた。俺が助けに来ると信じて、待っていた」

「――」

「なぁ、本当に永いこと、待たせちまったよなぁ」

「――樋口」

「美島。俺は、この娘を看取《みと》ってここで死ぬよ。それが俺にとって一番の幸せだ。人類のためにはもう十分働いた。休みが欲しいんだ」

「樋口、お前……」

　私が言いかけた時、
　ガタッ
　それまで黙って私の隣にいた朝堂が、突然たまりかねたように立ち上がると、宇宙服の背を見せて駆け出した。

「朝堂！　おい朝堂、どこへ行くっ」

　朝堂は答えず、一目散に走って行く。

　私は舌打ちして立ち上がった。

「樋口、また会おう」

「もう会うことはない。美島、グッドラック」

　樋口は最後の敬礼をくれた。

　私は急いで朝堂を追った。

「美島！」

　背後から樋口が叫んだ。

「もう二度と地球へは来るなよ。みんなにもそう言っておけ。宇宙で生きるならば、過去を捨てねばとてもやって行けんぞ。わかったか」

　私は朝堂のＧＥＭを追った。

　朝堂のＧＥＭは、国道２４６号線を渋谷方面へ疾走した。

「朝堂、止まれっ。朝堂！」

『見逃してください船長！』

「そうは行くか。どこへ行く気だっ」

　ピーッ
『船長、勝又です』

「おう、どうした勝又。こっちは取り込み中だ。朝堂が逃げた」

『こちらも大変です船長。小梁が居なくなりました。ちょっと目を離した隙に――あいつ自分の宇宙服の応答端末を切っちまいやがった。どこへ行ったのか分かりません』

「たぶん京都だ。小梁は家へ帰ろうとしている。東名《とうめい》高速へ向かう経路を追ってみろ」

『了解』

「死なせるなよ、思いあまってヘルメットを取るかも知れんぞ」

　私は追った。

　朝堂のＧＥＭは、青山《あおやま》通りを駆け上がり、表参道《おもてさんどう》の入口を通過し、しばらく行ったところで急に右へ折れて消えた。私はＧＥＭの捜索探知機を入れた。コードを我々の隊のものにセットし直し、朝堂の位置を捉えた。

南青山の路地の中、瀟洒《しょうしゃ》な白いマンションの前で朝堂のGEMは捨てられていた。

見上げると、白い宇宙服が三階の階段を駆け上がって行くところだった。

「待てっ、朝堂っ」

この東京は危険だ。

「待つんだ。早まるなよっ」

私は朝堂の宇宙服を追って、マンションの階段を上った。朝堂は四階の廊下に消えた。

宇宙服の装備は階段を駆け上がるには重い。三階の踊り場で、私は白タイル張りの壁にしがみついてあえいだ。

「朝堂ーっ」

ここは危険だ。

ここには、人のあらがいようも無い『化物』が棲んでいる。

奥行きのある高級なマンションだった。枯れ切った庭に面した通廊を走り、廊下の分岐する所で見回したがすでに朝堂の姿は無かった。

突き当たりの一室のドアが開いている。

私はそれを見つけると、再び走った。

──『生き物って、哀《かな》しいね』

「朝堂っ」

私がその部屋に飛び込んだ時には、すでに遅かった。

朝堂が部屋の中央に立ちつくしていた。ヘルメットは脱いでいた。

「朝堂、お前──」

──『人間も鮭《さけ》も、似たようなものね』

南に向いた窓際にベッドがあった。

「……梨沙《りさ》です」

ベッドの上には、朽ち果てた骨が横たわっていた。

朝堂はゆっくりひざまずくと、宇宙服の手袋を脱いでその骨に触れた。

「僕を……待っていてくれたんです」

その横顔に、涙があふれていた。朝堂は拭《ふ》くことも忘れているようだった。

「四年間もずっとここで、ぼ、僕のことを」

ハンサムな横顔の青年は、すすり上げた。

「うう、梨沙……」

「――うるさい、この野郎」

私は数秒間我を忘れていたが、次の瞬間我に返ると、涙声の朝堂に飛びかかった。

「この野郎っ」

床に転がった宇宙ヘルメットをひっつかむと、無理やり朝堂の頭にかぶせた。

「や、やめてください」

「うるさいっ、手袋もはめるんだ！」

朝堂はばたばたと暴れたが、私は朝堂を押し倒し外側からヘルメットをロックし、手をひっつかんで手袋を無理やりはめさせた。

「その骨が、誰なのか知らないが」

くそっ、こいつ何秒間被曝した――⁉

八秒か？　一〇秒か？

「――お前まで、想い出に取《と》り憑《つ》かれて殺されるつもりかっ⁉」

私は思わず、かぶせた宇宙ヘルメットの上から朝堂を殴りつけた。

ガンッ
「痛《いて》ぇ」

『せ、船長』

朝堂ははぁはぁと肩を上下させ、私を見上げた。

『ぼ、僕をここで、死なせてください』

「そうは行くかっ」

『僕はひどい男なんです、死なせてくださいっ』

「黙れっ」

私は朝堂の宇宙服の胸ぐらを摑《つか》んだ。

「いいか。いいか朝堂、よく聞け。俺はな、お前を死なせるわけには行かないんだ。俺は、落第の戦闘機パイロットで、落第の救難パイロットで、今まで人生が思い通りになったことなんてないし、遭難者だってまともに助けたことはない。今回の救助ミッションだって結局……。だがな」

私は朝堂を睨みつけ、胸ぐらをぐいぐいと揺さぶった。

「だがな朝堂、こんな俺でも、自分の船のクルーだけは死なせたことはない。一人も死なせたことはない。これからも死なせないんだ、わかったかっ」

『死なせてください船長、僕には生きている資格がないんです。宇宙都市へ連れて行くって約束して、迎えに行けないでここで四年も待たせて、梨沙は骨に——僕は、僕は、うわぁあっ』

朝堂はヘルメットの中で大声で泣き始めた。

『樋口さんを見ていて、たまらなくなったんです。僕は、僕には、生きる資格が——』

朝堂は暴れ、私の手を振りほどいてヘルメットを取ろうとした。

『死なせてくれぇ、死なせてくださいっ、うわぁっ、うわぁあっ』

「黙れ馬鹿野郎」

私は押さえつけ、怒鳴りつけた。

「何が『生きる資格』だ馬鹿野郎！　知らないだろうがな、〈脱出〉ミッションじゃなぁ、お前一人を宇宙へ運び上げるのに推進剤を三トンも使ってるんだよ！　人の苦労も知らないで、自分から死ぬなんて贅沢《ぜいたく》をぬかすんじゃないっ」

私は立ち上がり、朝堂を引きずり上げた。

「さあ来いっ、船へ帰るぞ。すぐに放射線洗浄だ」

13

「朝堂——あの娘は、お前の」

羽田の滑走路に停《と》めた８７０７の船内に連れ戻し、冷たい中性洗剤のシャワーを一五分間もしこたま浴びさせると、朝堂俊雅はやっと冷静さを取り戻した。

「……はい」

朝堂は頭からタオルをかぶり、キャビンのソファで菊地が用意してくれたヨウ素入りジュースをストローですすっていた。

「学生時代、つきあっていたんです。同じ大学の二年下で……。梨沙は、我がままだけど、そのぶん素直で人を信じる、いい子でした。結婚するつもりでいました」

朝堂は想い出したのか。

小さく、すすり上げた。

あのベッドの上の風化した骨は、朝堂が手で触れたとたん、砂のように崩れていった。

四年前には、彼が言うような勝ち気な女子大生だったのかも知れないが――

「戦争が始まって、宇宙都市へ逃げることになりました。市《いち》ヶ谷《や》の駐屯地から自衛隊のヘリに乗って鹿児島へ行くんです。僕は梨沙を連れて行くつもりでした。市ヶ谷へ行く途中、迎えに寄るから、あの部屋で待つように言いました。身の回りの物をバッグに詰めて、僕が迎えに来るのを待つようにと。宇宙都市へ行ってから、結婚するつもりでした」

朝堂はまたすすり上げた。力なく手を振りあげると、こぶしで自分の膝を叩《たた》いた。

「母が――許しませんでした」

「お前の、あの母さんがか？」

「はい。『梨沙は家柄が低いから駄目だ』と。鬼のように怒りました。僕は、僕は――怖くて逆らうことができなかった」

朝堂はタオルのまま頭を抱え、ううっ、とまた泣き始めた。

「船長」

菊地が、そっとしときましょう、と身ぶりで言った。

私はうなずいた。


キャビンの通信ユニットが鳴った。

「美島だ」

『船長、勝又です。小梁を保土《ほど》ヶ谷《や》バイパスで確保。やはり東名へ向かっていました』

「そうか。無事か」

『はい。宇宙服の鎮静剤インジェクションを使いました。これから担いで帰ります』

「ご苦労。助かったよ」

私は息をついた。

「……まったく」

どいつもこいつも、簡単に死のうとしやがって……。

「勝又、戻ったら離昇するぞ。〈新東京〉へ帰る。ここには長居しない方がいい」

『了解、同感です』

マイクを置いて、私は菊地にも離昇の準備をするよう指示した。

「余分な装備品を捨てておいてくれ。俺は母船との会合軌道を計算しておく」

小梁が見つかったと聞き、私は一息つこうと、ギャレーでコーヒーをカップに注いだ。

とりあえずは良かった。

朝堂もどうにか、地上で骨にならずに済んだし――

(――)

ふと、ベッドの上の風化した亡骸《なきがら》にひれ伏す朝堂の横顔が、眼《め》に蘇った。

骨か。

朽ち果てた、枯れ木のような亡骸。

それは四年前まで、二十歳《はたち》くらいの女の子だったのだ。

二十歳か、二十歳過ぎの……。

「……」

私は黙って、頭を振った。コーヒーを飲み干した。

帰りの軌道を計算しようとコマンドモジュールへ戻りかけると、ソファから朝堂が呼んだ。

「――船長」

「ん」

「どうも……ありがとうございました」

「いい。もう死ぬなよ」

朝堂は申し訳なさそうに「はい」とうなずき、あのう、と続けた。

「あのう、船長」

「何だ」

「船長には、行きたい場所はないのですか」

「何だって」

「この東京に――僕のことで面倒をかけてしまいましたが、船長には、宇宙へ帰る前に行っておきたい場所はないんですか？」

「馬鹿。生意気を言うんじゃない」

私は朝堂に背を向け、操縦室のハッチに手をかけた。


コマンドモジュールに入り、一人で操縦席に着くと、私は慣性航法装置とフライトマネージメント・コンピュータを立ち上げた。

三重装備のレーザージャイロが〈ALIGN（自立調整中）〉の表示を出す。

「通常滑走離昇方式か――重量計算は、ややこしいな」

私は軌道計算ハンドブックを取ろうと、足元のフライトケースにかがんだ。すると船内用宇宙服の胸ポケットが、カサッとかすかに音を立てた。

（——？）

手のひらを胸に当てると、四角いプラスチックカードの感触がある。

私は、息をついた。

「俺には」

——『美島君』

「……俺には想い出なんか」

私は、頭を振り、浮かんだ微《かす》かな〈声〉を打ち消した。

キーボードに向かい、仕事にかかった。

オレンジの光がキーボードに当たった。

ふと眼を上げると。前面風防の向こうで、東京湾の雲が切れていく。夏の西日が、羽田の滑走路と湾岸高層ビル群の上に降り注ぎ始めた。

†

七二時間後。

私の８７０７は宇宙都市ＢＨ一一四〇――〈新東京〉へ帰投した。

母船〈クレセント・シティー〉は、メンバーの一部行方不明で大騒動になったニューヨークの第二次探査隊を待って収容するため、軌道上に足留めを食った。私はスチューバーに挨拶《あいさつ》を入れて、推進剤を補給すると単船で帰投した。

待ち受けた救急センターのスタッフに朝堂を託した。被曝が少量だったから命に危険はないだろうとの所見を聞き、蒸気の立ちこめる無重力ポートから気密エレベーターに乗った。

第二ドックのオペレーションセンターへ戻ると、司令室では私の直属上司の楠大佐が報告書を読んでいた。私が地球からの帰路の途中に、送信しておいたレポートだ。

「美島大尉、ご苦労だった」

楠は、航行中に私が作成した報告書を、タブレット端末でめくっていた。

しかし私が入っていくと、顔を曇らせた。

「大変ご苦労だったんだが、美島。これなぁ」

「は」

報告書の内容に、何か問題でもあるのだろうか。実際、問題だらけではあるが――

「これ、いらなくなったよ」

楠はデスクの前に立った私に、端末の画面を指した。

「どういうことです」

「うん。実は第一次探査隊は『存在しない』ことになった」

「えっ？」

樋口の隊が、存在しない――？

どういうことだ。

「したがってだ。遭難した第一次探査隊を救助に向かった君の第二次探査隊も、存在しないことにされてしまった」

「いったい」

「考えてもみろ、美島」

楠大佐は椅子《いす》を回すと、市街地の方向へ目をやった。

「第一次探査隊のメンバー十名全員が、東京で探査活動中に精神に支障をきたし自殺――そんなこと、正式に発表できるか」

「――」

「上層部から決定が出された。第一次探査隊は初めからなかったことにされた。記録も宇宙軍のファイルから削除される」

「——お言葉ですが」

私は、縁側で土を眺めていた樋口の髭面を思い出しながら、やんわり抗議した。

「彼らは、精神に支障なんてきたしていません。私は報告書に、そのようには書いていません」

「だって集団自殺なんだろう」

「結果的には、そうかも知れませんが——でも彼らは狂ってはいませんよ。むしろ」

——『どっちが幸せか』

「むしろ……」

——『どっちが幸せか……よく考えるんだ美島』

「むしろ、何だね？」

「いえ」

私は言葉を呑み込んだ。

「まぁ、とりあえずご苦労だった。美島大尉」楠は息をついた。「人員をやりくりし、二日間の休養日をとっておいた。せめて休むといい」

釈然とせぬまま司令室を出ると、オペレーション・センターの廊下には、見たくない顔の男が立っていた。

「よう」

淵上は、壁にもたれて私に右手を上げた。

「――」

「生還おめでとう、と言っておこう。朝堂の坊やも何とか連れて帰れたようだしな」

「――」

私は、そいつに返事をする言葉を持たなかった。

「どうした、美島？」

黙って睨みつけている私に、高校時代の同窓生・淵上武彦はけげんな顔をした。

「坊やのお守りで疲れたか？　大変だったそうじゃないか。俺もあんな甘ちゃんが宇宙で通用するとは――」

「馬鹿野郎」

私は、こらえ切れず、口に出した。

「この、大馬鹿野郎」

「何だと」

「いいか」

私はかつての同級生の顔を指した。

「お前なんかより、あの朝堂の方が余程まともでいいやつだ。あいつは四年間、迎えに行く約束を忘れなかった」

「約束――?」

「淵上、お前に言うことがある」

「な、何だ」

「淵上、お前は財務省のキャリアだったんだろう。権限があったんだろう。なぜ笙子を連れて上がらなかった⁉　なぜ地上へ置いてきた――⁉　馬鹿野郎」

吐き捨てると、私はヘルメットを抱えて淵上の横を通り過ぎた。

「馬鹿野郎――って」

淵上が、珍しく大声を出して、背後から私に怒鳴った。

「ちょっと待て、美島」

「何だ」

「今のその言葉、そっくりお前に返してやる」

「何だと」

「何も知らないのはお前の——いや、今はそんなことを言いたいんじゃない」

長身のキャリアは、低重力の白い廊下の空間に、何かを放ってよこした。

「受け取れ」

「?」

空中で摑むと、それは小さな一本のメモリだった。

「お前にだけ見せてやる。厚労省の最新のデータだ」

「厚労省?」

「深見記者の取材は、まだ甘い。〈現実感喪失症候群〉——例の神経症だが、患者の発生は〈田園調布〉だけじゃない。実はもっともっと広がっている。四つの『都市』群全域に、急速に広がりつつある」

「何だと」

「恐ろしい病気だ。その神経症にかかると、人間は現実感を喪失する。幻想の中だけに生きるようになる。周囲の状況を認識できはするが、それを自分に関《かか》わる現実として感じることができない。症状の初期には、時おり過去の美しいイメージの映像のようなものを見る。そしてその幻想がだんだん心の中を支配していく。幻想と現実がやがて逆転し、過去の幸せなイメージの中にだけ生きて、現実を放棄してしまう。〈田園調布〉の暇な奥さん連中がそれにかかる程度ならまだいい。しかし、原子炉の制御技術者がかかったらどうなる。航行中の宇宙飛行士がかかったら？　『都市』の危険な維持作業に携わる者たちが現実を放棄してしまったら、いったいどうなる」

「――」

「医学の示す唯一の治療法は、『幸せだった過去を忘れること』だそうだ。だが、そんなことのできる人間が、この宇宙都市の世界のどこにいる――」

淵上は、片手の指でメタルフレームの眼鏡を上げ、唇をキュッと結んだ。

「もし、十四万人全員が侵されたら――宇宙都市はおしまいだ。お前も、俺も、ひょっとしたらもう侵されているかも知れない」

「俺はホームシックになんか……」

「美島、お前は最近、笙子の幻を見ないか？」

「何？」

「俺は――」

淵上は、眉間《みけん》をギュッと指でつまんだ。こいつにしては、辛《つら》そうな表情を見せた。

「俺は、最近笙子の幻ばっかり見るんだ……。あいつが、あいつの笑う顔が……」

「ば、馬鹿野郎」

私は長身の同窓生に背を向けた。

「そんな情けない面を、俺に見せるな」

「美島」

私の背中に、淵上は言った。

「美島、俺は、必ず外惑星開発計画の準備予算を通す。通してみせる。火星の都市、大気の改造、木星資源の開発に恒星間宇宙船の建造、大ボラでも大言壮語でも何でもいい。人類には、夢を見せなければ駄目だ。こんな水と空気の缶詰に閉じこもっていたら俺たちは滅びる。未来の夢を見なければ、人類はおしまいだ」

「――」

私は応《こた》えずに、白い通廊を歩いた。

「火星には、お前に行ってもらうぞ。美島」

ドックの出口に、見覚えのある赤いコートが立っていた。

「お帰り」

「――」

私は、ソバージュの女を目の前にすると、自分の船内用宇宙服の胸ポケットから四角い極薄のカードを出した。

「返すよ、これ」

「行って来た？　笙子の部屋」

私は頭を振った。

「そう――」

「そんなこと、書いてよこすなよ」

「余計だった？　笙子の最後のアドレス」

「違うよ」

私は、並んで歩きながら上条友里絵に言った。

「自分のこと、あんなふうに言うな」

「フフ」

友里絵は含み笑いのように笑うと、私の腕を取った。

「ねぇ」

「……」

「呑みに行こっか、船長」

ドックから市街地へ戻るエレベーターに、二人で乗った。

透光プラスチックの扉が閉まり、カプセルは降下する。チューブの中を降りていく。

少しずつ、身体が重くなっていく。

(——重力、か)
自分の両手を見た。
下へ降りても、〇・九五Gだ。
重力……。
あのとき——
ふと私は思った。
(一Gで、宇宙服を着たまま階段を駆け上がるのはきつかった)
——『美島君』
「……?」
——『美島君』
思わず、背後を見た。
息を、止めた。
「どうしたの」

「……いや」

私は頭を振った。

前を向き、それきり振り返るのはやめた。

いま背後に立っている〈影〉。

それに目を奪われたら。

もう、目を離せなくなる。

そんな気がした。

「どうした、船長」

「何でもないよ」

降下するカプセルがチューブを通過し、中空へ出た。

下界は『夜』だった。

まるで星空のような都市の夜景が、眼下に広がった。

本書は書き下ろしです。

Haruki Bunko
ハルキ文庫

な 12-3

宇宙《うちゅう》からの帰還《きかん》 望郷者《ぼうきょうしゃ》たち

著者 夏見正隆《なつみまさたか》

2020年1月18日第一刷発行

発行者 角川春樹

発行所 株式会社角川春樹事務所
〒102-0074 東京都千代田区九段南2-1-30 イタリア文化会館

電話 03(3263)5247(編集)
03(3263)5881(営業)

印刷・製本 中央精版印刷株式会社

フォーマット・デザイン 芦澤泰偉
表紙イラストレーション 門坂 流

ISBN978-4-7584-4317-3 C0193 ©2020 Masataka Natsumi Printed in Japan
http://www.kadokawaharuki.co.jp/[営業]
fanmail@kadokawaharuki.co.jp[編集] ご意見・ご感想をお寄せください。